③

前言

《W》的序章將在本集終結，
雖然沃夫也不年輕了，但他的冒險才正要展開。
無論是什麼時候，只要我們的心願意，
人生的新冒險隨時都能夠開始，對吧？
在這邊依然感謝支持至今的讀者，
往後還請多多指教了！

目錄

第35話　無聊啊

加德曼：
光頭村的領導人，曾攻擊皮斯村，被安德等人憎恨。
名字含意為「神人」。

說說看，對於這個世界，你們到底了解多少？
了解多少嗎……
就我們所知，這張地圖記錄了全世界的一切……
我們已經走到世界的盡頭，也就是看見了「大海」，但是這一路上並沒有遇過高等獸族，你們到底……

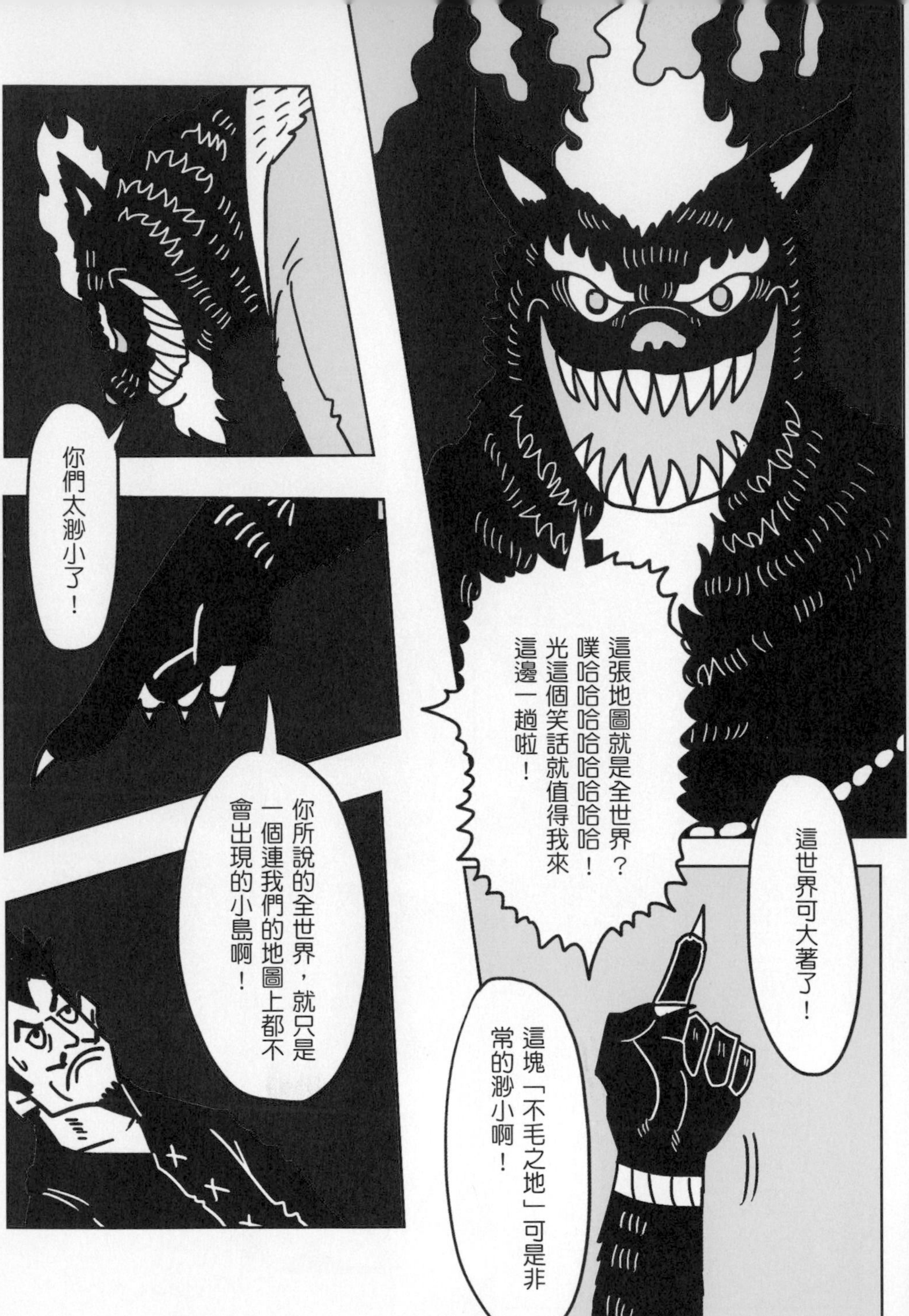

這張地圖就是全世界？噗哈哈哈哈哈哈哈哈！光這個笑話就值得我來這邊一趟啦！
這世界可大著了！
這塊「不毛之地」可是非常的渺小啊！
你們太渺小了！
你所說的全世界，就只是一個連我們的地圖上都不會出現的小島啊！

怎麼可能……大海不就是世界的盡頭了嗎？
「我」才是你們所謂世界的盡頭。
說真的，我實在很喜歡你們這樣的「現代人」啊！
現代……？

這才是你們人類應有的姿態啊！你可知道那些人類「先民」，在另一頭的「淨土」有多麼難纏嗎？
比起那些可恨的「先民」，你們果然還是可愛多了！
啊，那是你的兒子沒錯吧？我用聞的就聞出來了！
嗯……嗯！
以後就和叔叔我好好的相處吧！
嗯……

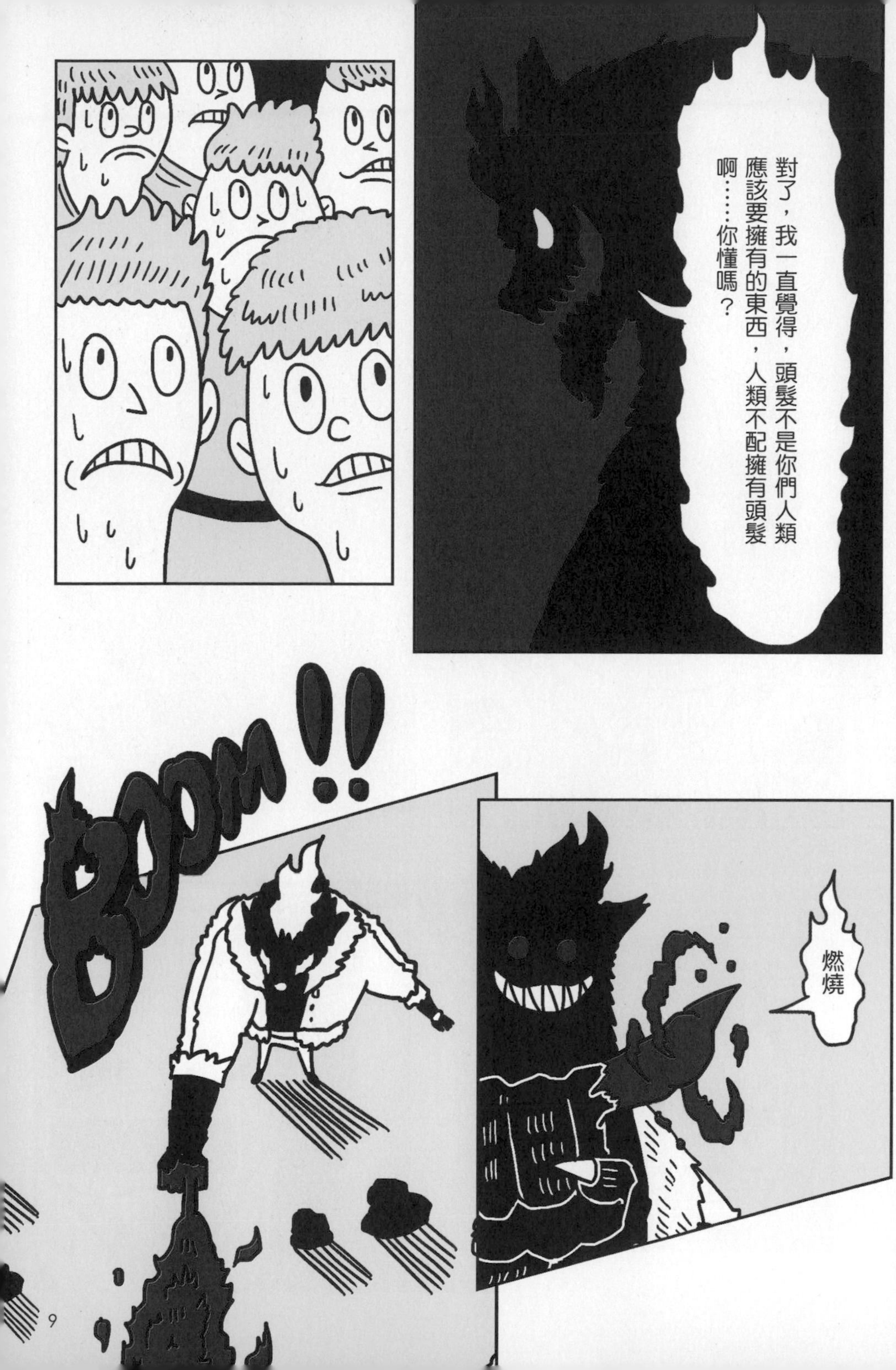
對了，我一直覺得，頭髮不是你們人類
應該要擁有的東西，人類不配擁有頭髮
啊……你懂嗎？
BOOOM!!
燃燒

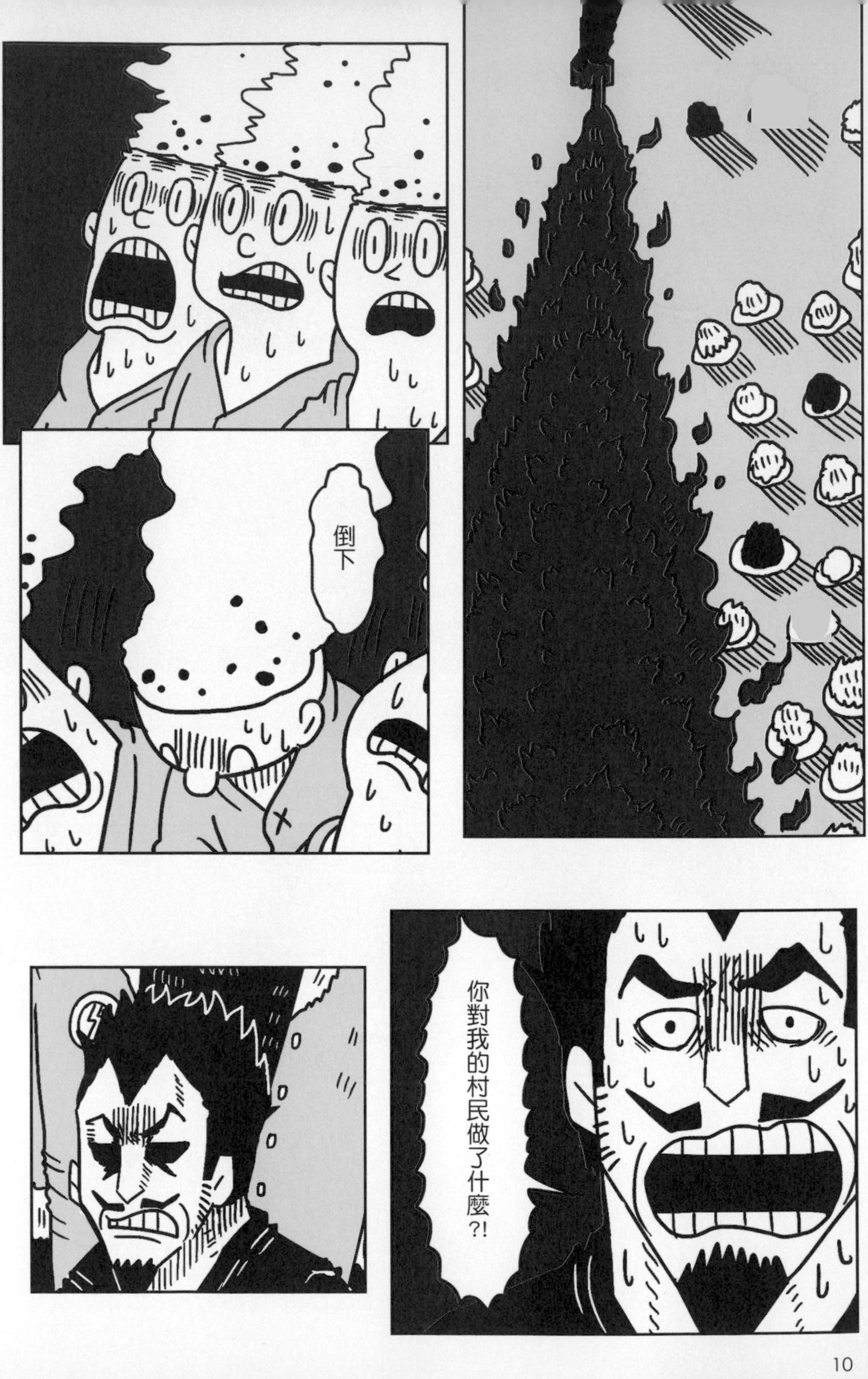

倒下
你對我的村民做了什麼?!

看啊，沒有頭髮果然順眼多了，你不這樣認為嗎？
完全無法抵抗的威力啊！
我……我會將所有人的頭髮都剃光，這、這樣子您滿意了嗎……？

你真是聰明，你可是拯救了所有的村民啊！不過，光是這樣還不夠，我還想在你們的頭上加個烙印！
就烙個這樣的符號吧！說到這個符號啊，真難啟齒呢……
我就給你們三天的時間去處理頭髮和烙印吧！
如今，我要把那道傷痕還給你們這些人類！你和你的家族就不用照做了，我還是得留點面子給領導人，不是嗎？
趁這三天時間，我還想在這座島上四處晃晃。

你對我們做這些事情，到底有什麼意義？
無聊啊。

渦力安，你就先留在我們村莊，
我會派信鴿去戰士村告知他們。
好的，忽曼大人。
真是對不起你們了！

別這樣，忽曼大人！這是沒辦法的事情啊！
剃光頭嗎？反正老夫本來就沒啥頭髮了呢，哈哈！
不，我有其他任務要交代你，你帶著斯拜去其他沒有信鴿的村莊，告訴他們這些事情。
嘿嘿嘿，你是要老夫去旅行嗎？好，我有消息就用信鴿通知你！去準備吧！斯拜！
您自己要保重，少主。
老公！

第 36 話　給我坐下！

渦力安：
光頭村的大戰士，自孩童時期就與加德曼熟識。
名字含意為「戰士」。

我們現在該怎麼辦才好？
加德曼大人……
渦力安，辛苦你了，想哭的話就哭吧！
哭出來會比較好受的。
戰士才不會哭呢……
戰士可是連哭泣都不會逃避的！

加德曼大人，我們會變成怎麼樣呢……
別擔心，安露露，無論如何我都會保護妳，妳可是我的未婚妻啊！
加德曼大人……
請您馬上跟我一起生小孩吧！嗚嗚嗚嗚嗚嗚！
脫下！
給我住手！不害臊嗎？
我先走了，我會用信鴿和您聯絡的，
少主。
千萬不能出事啊！要給我活著回來！
遵命，少主。

我們不能讓那個獸族隨意擺布！
我可不會允許這樣的事情發生！
跟他戰鬥吧！
結合所有人的力量去打倒他！

啊啊！卡門村最具實質影響力的「女戰神」布蘿拉大人說話了，村長大人會如何回應呢？
對不起！
村長大人下跪道歉了！
但是妳也看到了，那種力量根本沒有辦法抵抗啊……
我知道，但也不能讓他這樣任意妄為啊……
不過說實話……知道這世界原來是如此廣大，我還挺開心的！
果然……
就算身為「管理員」，就算擁有《先民的智慧》，我們對於這個世界的了解還是太少了！

對村民來說，這並不是什麼值得高興的事情。
加德曼……
抱、抱歉……
我對不起你們大家！請相信我，讓我們一起度過這突如其來的難關！

必須想辦法解決才行……
三天後——
我……我是加德曼大人的未婚妻……
你們真乖啊，不錯！
這個小女孩是誰？
喔喔，好吧！就留著頭髮吧！
啊，對了！

我經過了一座村莊，那村莊的人脾氣可差了！
然後啊，我就不小心把他們全都燒光了。還是你們好配合啊！
叔叔！
是我們的村莊！可惡啊！
你這怪物！你到底要我們怎樣做才會滿意？
啊！
我想到了！

我們來玩個遊戲吧！
我不對你的村莊下手，不過，我會消滅你們以外的村莊，一天消滅一個！
所以，你要努力將其他村莊納入你的旗下，我們就來比比看誰的動作快！
你呢，就到每個村莊去苦苦哀求他們：「讓我把你們頭髮都剃光吧，還要烙個烙印喔！」
想到就覺得很興奮啊！我真是天才啊！來玩吧！來玩吧！

開什麼玩笑，別得寸進尺了，獸族！
你真以為我們得配合你這種任性的行為嗎？別傻了！
!!
我要怎麼稱呼妳？
布蘿拉。
妳說得也是啦，不然這樣好了，我就三天消滅一個村莊吧！
這樣公平了吧？布蘿拉小姐！

公平?哪來的公平可言?我們有商量的餘地嗎?
恐怕沒有喔!
不,這件事要重新商量才行。給我坐下!獸族!
一年讓你消滅一個村莊我都嫌多!而且,可不可以請你不要再來我們村莊了?這樣會把村民都嚇壞的!
真是的,妳的要求還真多啊!

第 37 話　開心成這樣！

達特：
光頭村的醫生，後來被囚禁於皮斯村。
名字含意為「醫生」。

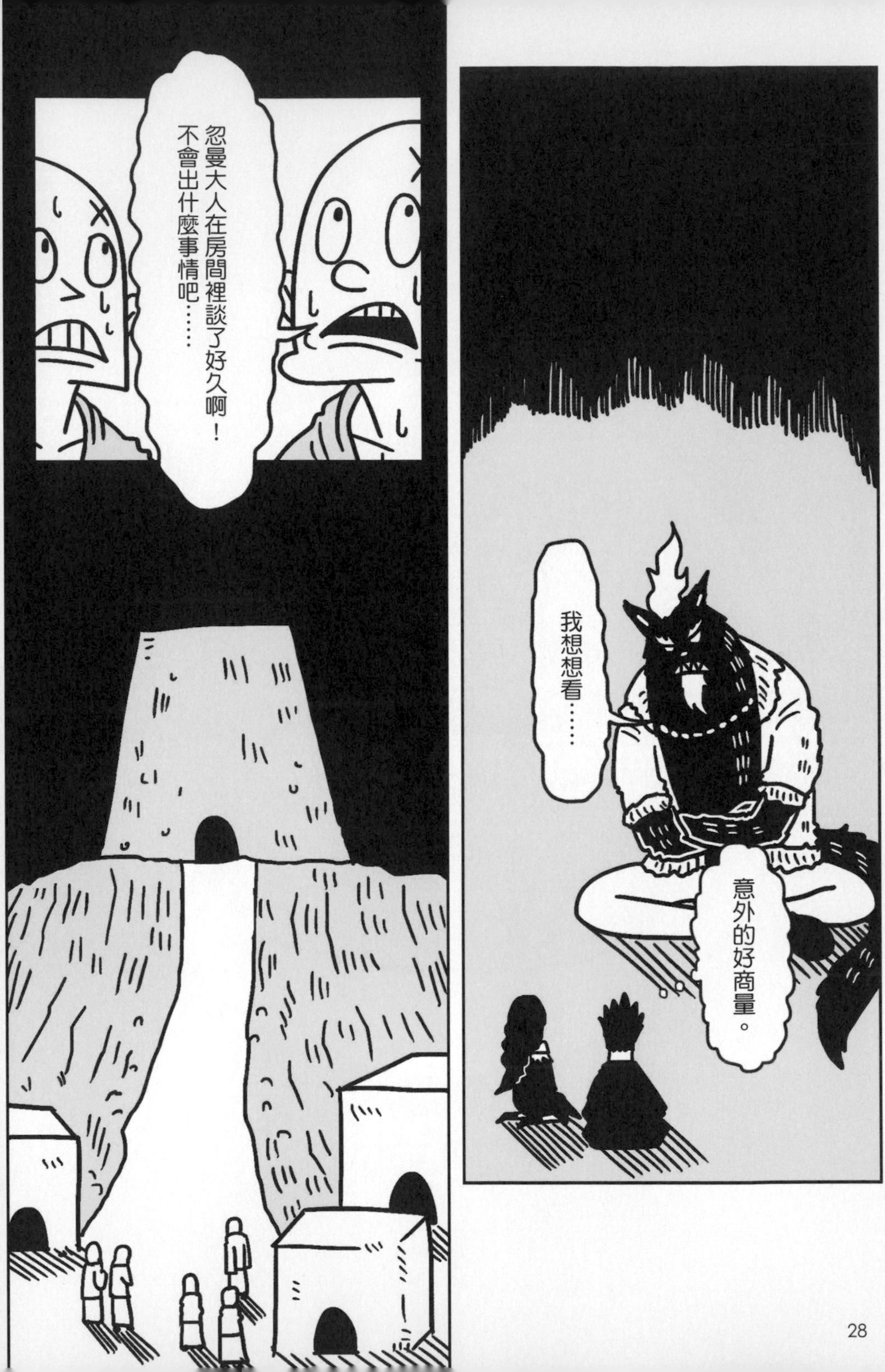
我想想看……
意外的好商量。
忽曼大人在房間裡談了好久啊！
不會出什麼事情吧……

最後，賽伯拉斯決定每一個月消滅一座村莊，並且，我們必須要每個月都供應足夠的農作物給賽伯拉斯，而交易地點就在山的另一頭。
他答應我們不會再到村莊來，但在村莊裡裝了一個名為「眼睛」的東西，他說會藉由「眼睛」監視我們的一舉一動。
就算牠說這塊土地很渺小……但我可是探索了幾十年啊！
因為獸族的存在，讓人類在探索上更加困難，事到如今竟然還出現了高等獸族！
說不定，還有很多地方是沒探索到的，而且有些村莊，離我們實在是太遙遠了！

只能盡力而為了啊！
要別的村莊加入我們，並不是件容易的事情。
給我滾出去！別再讓我看到你們！
但是……
要我們剃成光頭又在頭上烙印？你到底在說什麼鬼話啊?!

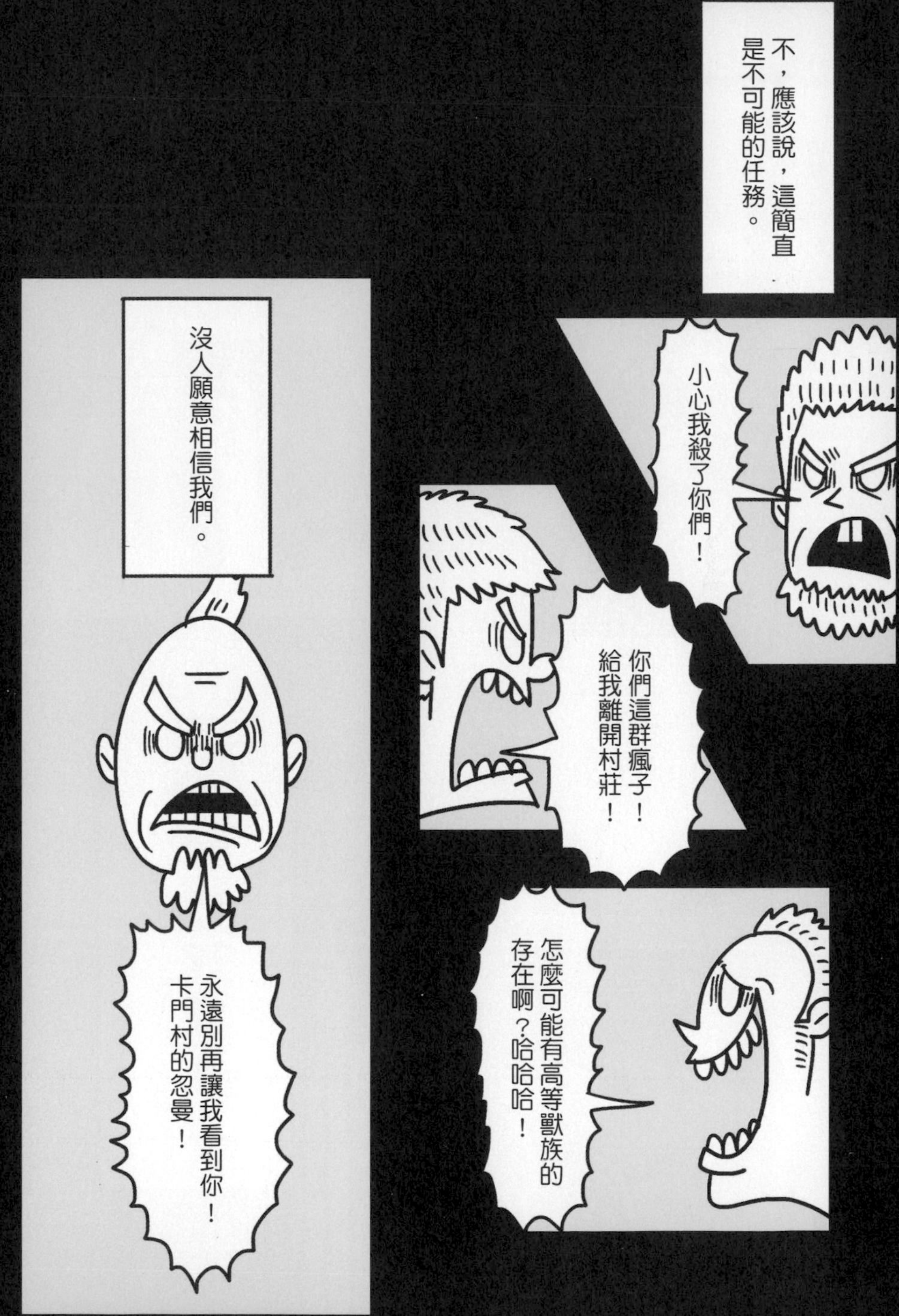
不，應該說，這簡直是不可能的任務。
小心我殺了你們！
你們這群瘋子！給我離開村莊！
怎麼可能有高等獸族的存在啊？哈哈哈！
沒人願意相信我們。
永遠別再讓我看到你！卡門村的忽曼！

一年後，賽伯拉斯相當守信的消滅了十二個村莊。
開始有其他村莊的人要來投靠我們了。
請讓我們加入吧，卡門村！
除此之外，父親也開始用更「積極」的方法要求其他村莊加入，那就是不斷以武力「占領」。

慢慢的，卡門村被外人稱為「光頭村」，並且被許多人害怕著。
父親被稱為「惡魔」，但那也使我們之後的占領變得更加輕鬆。
竟然要用這種方式拯救人類……
真可悲啊……
我得感謝妳，當初要不是妳，這座島上的人早就死光了。
被強行帶回村莊的人們，對我的父親充滿了憎恨。

忽曼大人，快來！您的兒子被一些暴民攻擊了！
加德曼！
!!
哈哈哈哈！忽曼啊，我就把你給我們的烙印還給你吧！
讓你的兒子代替你！

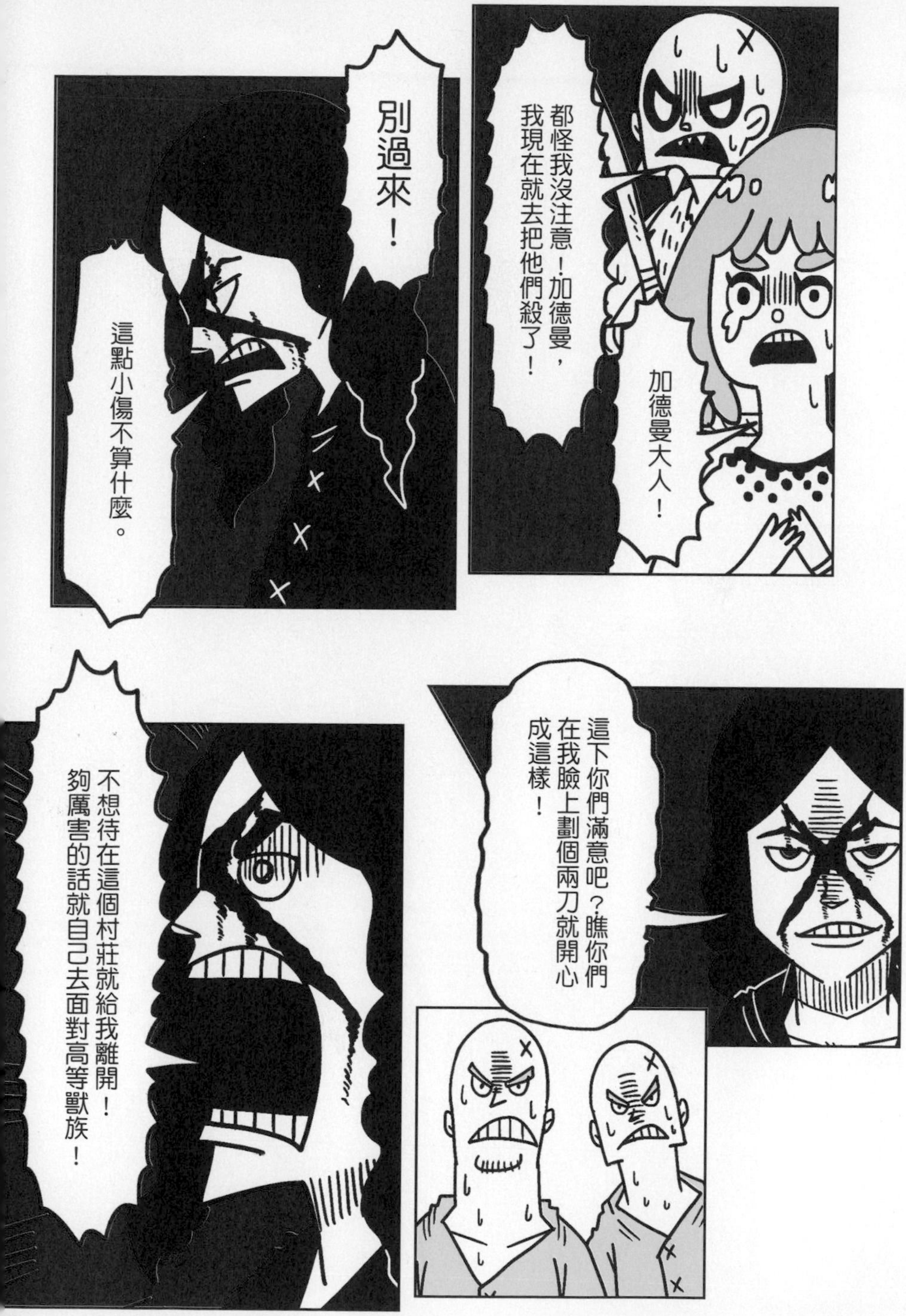
都怪我沒注意！加德曼，我現在就去把他們殺了！
加德曼大人！
別過來！
這點小傷不算什麼。
這下你們滿意吧？瞧你們在我臉上劃個兩刀就開心成這樣！
不想待在這個村莊就給我離開！夠厲害的話就自己去面對高等獸族！

不要忘了，現在保護你們的可是這個村莊！這個光頭！這個烙印啊！沒有了這些東西，你們以為自己還能夠活多久？
下手攻擊自己人，這是最後一次，如果還有下次——

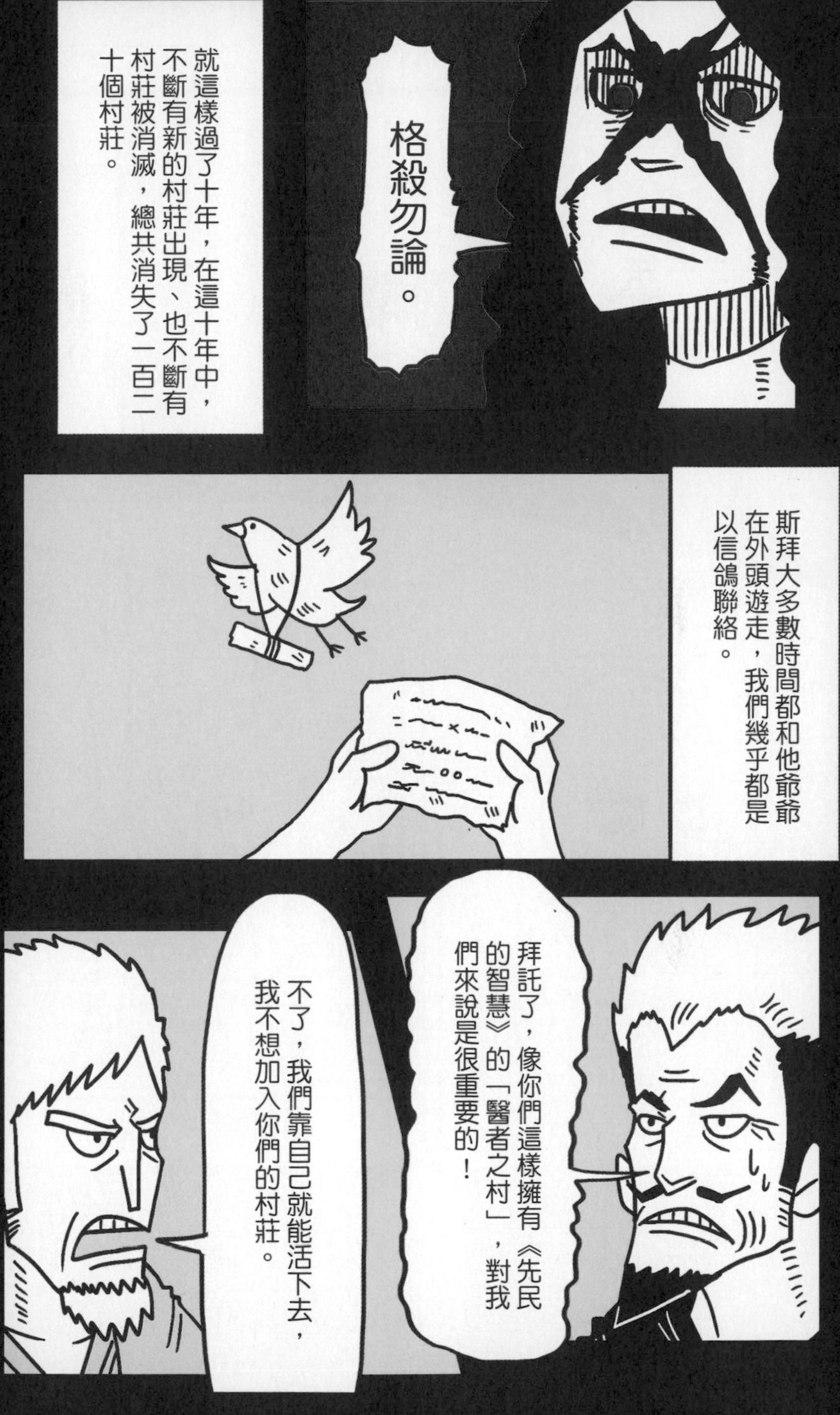
格殺勿論。
就這樣過了十年，在這十年中，不斷有新的村莊出現、也不斷有村莊被消滅，總共消失了一百二十個村莊。
斯拜大多數時間都和他爺爺在外頭遊走，我們幾乎都是以信鴿聯絡。
拜託了，像你們這樣擁有《先民的智慧》的「醫者之村」，對我們來說是很重要的！
不了，我們靠自己就能活下去，我不想加入你們的村莊。

唉，無論如何我都不想對「醫者之村」動手，畢竟他們擁有很多的醫生啊。
加德曼　二十三歲
就直接占領他們吧！老爸！
不行，這樣會傷到很多醫生的。
安露露　二十一歲
渦力安　二十二歲
只能再另外想辦法了。
喂！你們！

第 38 話　加德曼露

斯拜：
光頭村的智者，被加德曼派到皮斯村當間諜。
名字含意為「間諜」。

嗯……？
你們似乎遇到了困難啊，需要我的幫忙嗎？
啊！我先自我介紹！
達特　二十三歲
我是「醫者之村」村長的兒子，叫作達特，請多指教。

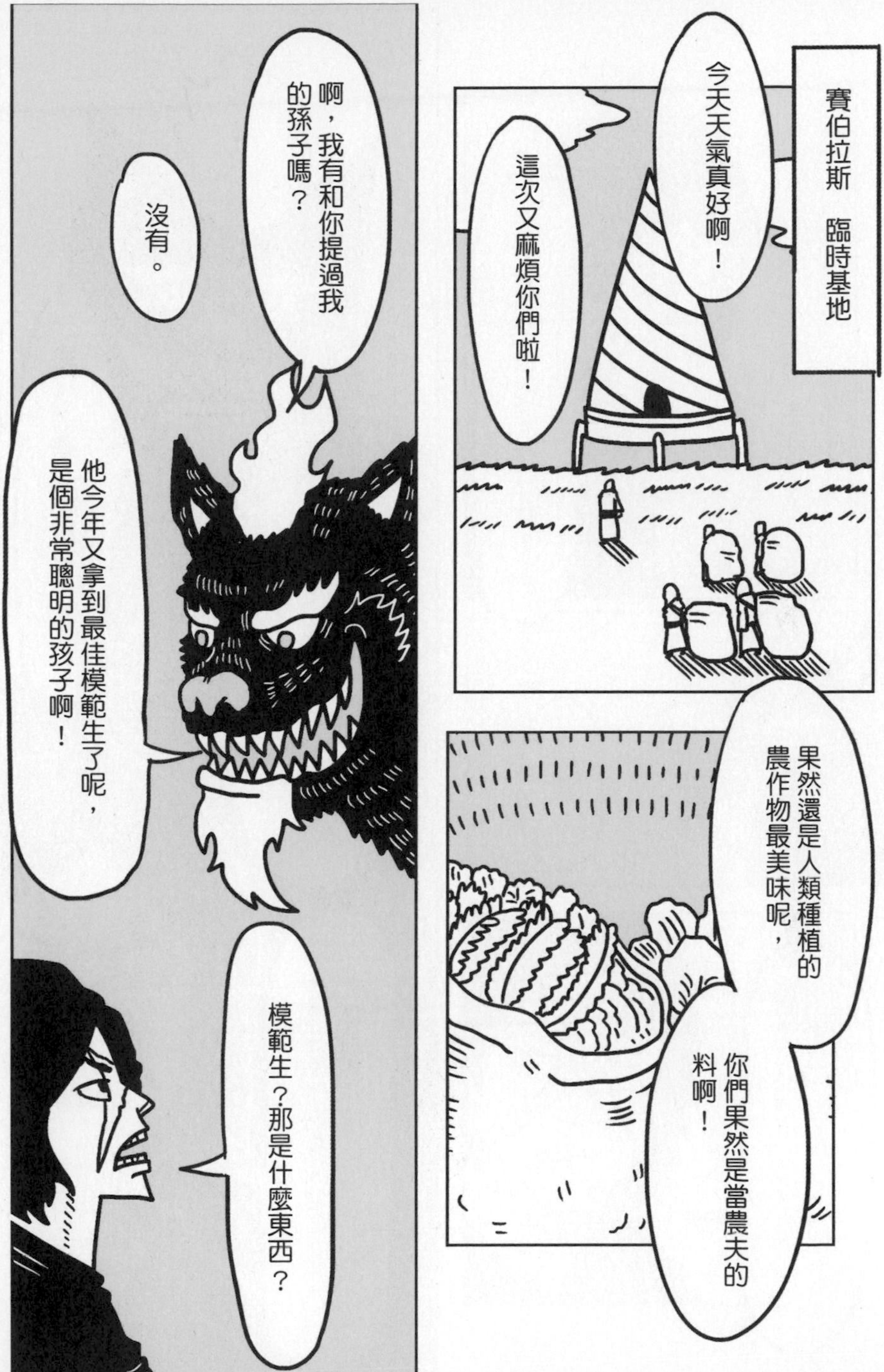
賽伯拉斯　臨時基地
今天天氣真好啊！
這次又麻煩你們啦！
果然還是人類種植的農作物最美味呢，
你們果然是當農夫的料啊！
啊，我有和你提過我的孫子嗎？
沒有。
他今年又拿到最佳模範生了呢，是個非常聰明的孩子啊！
模範生？那是什麼東西？

總之就是很厲害的意思！
對了，你的父親呢？最近幾次都沒看到他。
他還在為了招募其他村莊而四處奔波……
你就先回去陪你的孫子吧。
下次見了。
哼哼。
對了，你還是不肯告訴我「淨土」那邊的事情嗎？

我不會告訴你任何關於「淨土」的事情，反正跟你也毫無關係。
不過啊，你該感謝上天，是由我來管理這座島。
怎麼可能會感謝上天。

卡門村（光頭村）
忽曼大人、加德曼大人！醫者之村的人來了！
我今天是來加入你們村莊的！
真的嗎？你已經說服了你的村民和村長嗎？
……我的父親被獸族殺死了，我也努力說服了所有的村民。

他死了……！請節哀順變啊！
沒關係，經過上次和你交談後，我認為加入你們才是上策。
我和四十四位村民，
宣布正式加入卡門村！
真是太感謝你們了！
不過，我有個條件……
我必須要確保我在卡門村的地位才行。

但是……剃光頭和烙印恐怕沒辦法避免，就算交易地點不在這裡，萬一被他發現的話，我們……
剃光頭那些都無所謂，我必須要確保的是，
醫者之村的村民得歸我管理，這樣行嗎？
好，以後還要請你多多傳授醫術了！
歡迎加入啊！達特！

嗯，讓我們好好相處吧。
嗯！
一年後
嗚哇哇哇哇哇哇！

孩子的爸，看看你的女兒多麼可愛！
嗚哇啊啊啊啊！
你們想好她的名字了嗎？
嗯，已經想好了。我的「加德曼」加上安露露的「露」，
就叫作加德曼露！
是個好名字呢。

加德曼，我回來了。
斯拜！你……
少主啊，好久不見了。嘿嘿嘿嘿！
你真是個老不死啊！
別這樣說嘛！對了，這次有個天大的壞消息要跟你們說！
有十幾個村莊組成同盟，打算要來攻打卡門村了。

人數估計有一百五十人，
大約不到三天就會抵達這裡。
卡門村位置是非常隱密沒錯，但有人將村莊位置透露給那些村莊，並且會在他們襲擊的時候一同造反。
你得做好心理準備，我也不能在這邊待太久，今天晚上就會離開了。

你要我先帶著加德曼露逃到別的地方躲起來？我才不要！
只是暫時的！這裡不久後將會掀起一場腥風血雨啊！
安露露大人，請讓我帶著您去別處避難吧！
不要，我不能在這種時候逃跑！我可是未來的村長夫人，這樣成何體統?!
兩天後，由十幾個村莊組成的同盟攻進了卡門村，戰況非常激烈。

加德曼露！加……
妳的名字叫作加德曼露嗎？從現在起妳得要捨棄它了！
艾曼露！這是妳的新名字！
嗚哇哇哇！
毒牙艾列克！別把那孩子帶在身上，丟掉她吧！
不，我要帶她走。
我要教導她如何憎恨獸族，而不是像她的父母，臣服於獸族腳下！
讓她這樣活下去，就是對卡門村最大的報復！

第39話　樂趣

剝齊：
光頭村的處刑者，利用嚴厲手段拷問沃夫。
名字含意為「屠夫」。

雖然這場戰役是我們勝利了，但我也失去了重要的人。
我的妻子和父親都死於這場不必要的戰役，連我那幼小的女兒都不見蹤影。
達特，我的母親現在情況如何？
她的傷勢已經被我控制住了，沒事的。
真是太感謝你了。
接下來……
得要找出……

到底是誰出賣了我們的村莊！
關於這點……
我已經找到奸細了！
！
去把他帶過來！
是，達特大人！
我是無辜的！
真的不是我幹的！
事到如今還要狡辯嗎?!

我們可是在你的床底下找到這張和敵人互相通信的皮紙啊！
我根本不知道有那種東西啊！
你這可惡的混蛋，你可知道你的行為害慘了我們嗎？
為什麼要向敵人通報我們村莊的位置？
做這種事情對你到底有什麼好處？
叛村者死！

我是無……
一激動就把他殺了！
啊！抱歉，加德曼！
雖然我還有些事情想要問他，但還是感謝你把他給找出來。
繼續處理善後吧。
傷患就麻煩你了，達特。
交給我吧。

安露露……加德曼露……
我對不起妳們！
要怎麼做才能避免……
這樣的情況再次發生呢？
這很難避免，
你也知道吧？
唉……父親是多麼溫柔仁慈，
他可是為了全人類才……

他就是太仁慈了。
加德曼，過於仁慈只會讓這種不幸重蹈覆轍！
你必須成為真正的惡鬼！一個真正令所有人害怕的惡鬼！
要讓其他人完全的服從，就必須先讓他們害怕你。
仁慈？如果你想步上你父親的後塵就請便吧！
別忘了，你有絕對的權力可以掌控這座島上所有人的生死，加德曼！

加德曼大人說有事情要宣布……
感覺很不妙啊！
大家安靜！加德曼大人現在要開始宣布事情！
從我父親死去的那一刻起，我就是卡門村的村長。
村長就必須保護這個村莊。
為了避免這次事件再次發生。

我們要更積極的侵占和壓制其他村莊，讓其他村莊懼怕我們！
並且！我要捨棄卡門村這個村名！以及你們所有人的名字！
你們的頭髮是用敵人的鮮血做成的！
你們的名字是用敵人的屍體築成的！
你們沒有名字！用行動去證明自己的存在吧！
我會將名字賜予我信任的人。
將原本的名字還給他們！

首先是戰士——渦力安！
再來是醫生——達特！
除此之外的名字都別讓我在村莊裡聽到！你們只能服從我！不想服從的人就離開這個村莊！
在那之後，我們更加猛烈的侵占其他村莊，成為人人懼怕的「光頭村」。

十三年後
賽伯拉斯　停駐站
你的氣色不錯嘛！
不過你最近風評不是很好呢……
我沒說錯吧？
加德曼　三十七歲
哈哈，我只是忽然發現，無論我再怎麼侵占，
這座島上的村莊永遠都占領不完啊！
我最近觀察到了兩個村莊。
鐵人村和皮斯村，這兩個村莊滿值得留意的，
他們離你們並不遠啊，為什麼不去侵占他們呢？是特意留給我去消滅嗎？？

你就別對這兩個村莊下手了！
我想等他們更加壯大後再去侵占，就當作是為將來留一點樂趣吧。
哈哈！好！真懂得享受呢！對了，先不說這些了，我的孫子啊……
才二十六歲就當上了軍隊長！他可是有史以來最年輕的軍隊長喔！然後啊……
此刻的我，感到所向披靡

第 40 話　哈哈，是嗎？

賽伯拉斯：
迫使卡門村變成光頭村的始作俑者，
似乎是很有地位的高等獸族。
名字含意為「地獄犬」。

光頭村來襲！快逃啊！
到了這地步，「保護人類」這種想法，我早已沒放在心上。

我只是很單純地在享受殺戮以及侵占所帶來的快感罷了。
其他村莊要不要加入我們已經無所謂，我可以毫無理由的毀滅任何一個村莊。
我是這塊土地上最強的人類，我無所畏懼。

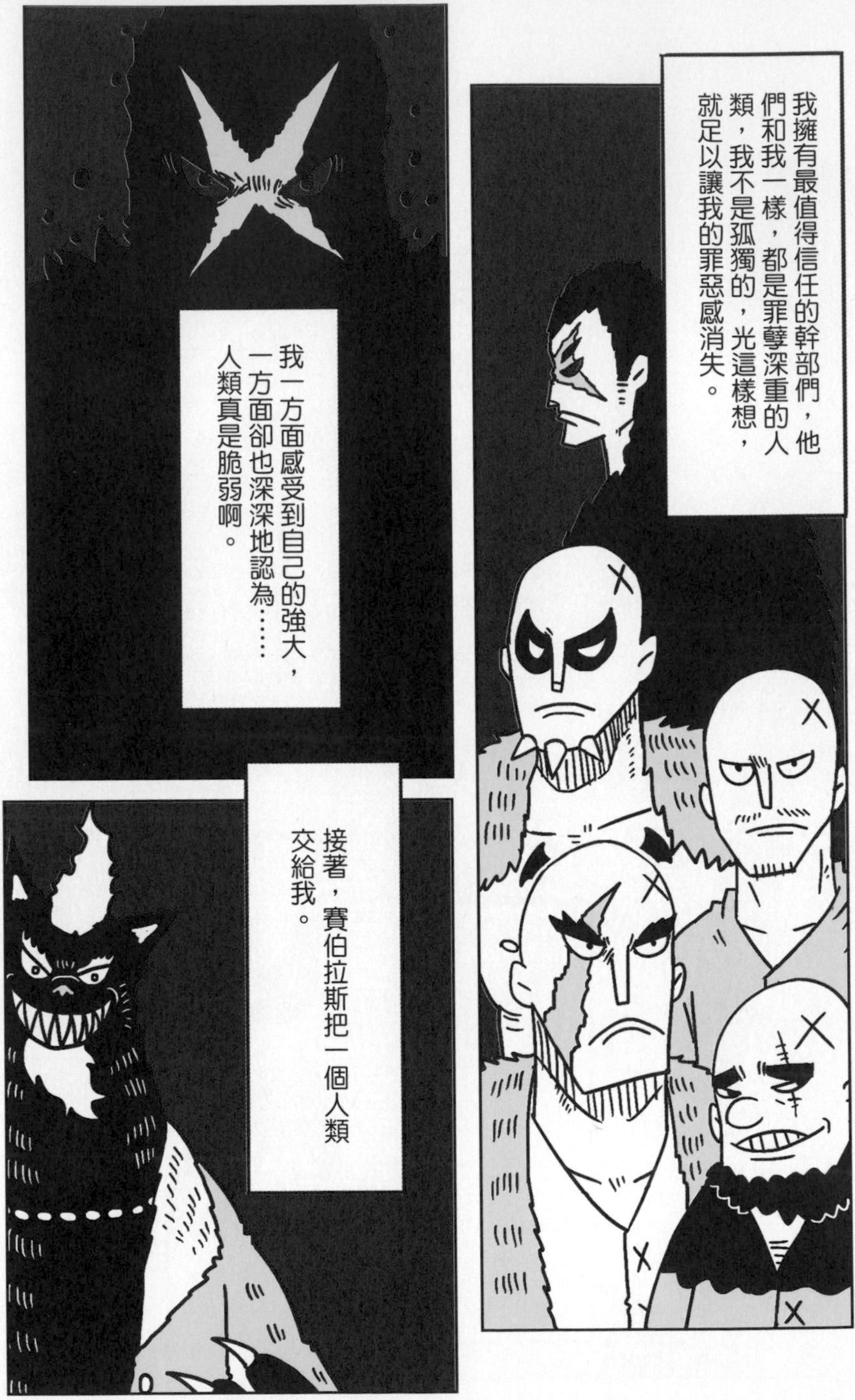
我擁有最值得信任的幹部們，他們和我一樣，都是罪孽深重的人類，我不是孤獨的，光這樣想，就足以讓我的罪惡感消失。
我一方面感受到自己的強大，一方面卻也深深地認為……人類真是脆弱啊。
接著，賽伯拉斯把一個人類交給我。

他的名字叫推爾，是賽伯拉斯的奴隸。
他有個神奇的寶物，能夠操控低等獸族。
他成了我們的特別幹部，卻絲毫不透露關於賽伯拉斯的任何事情。
他也是這個村莊裡，除了我和母親以外，能留著頭髮的人類。
雖然他不會干涉我們的行動，但他就像是那些「眼睛」一樣監視著我們。
沒多久後，我的母親染上了怪病，生命垂危。

連村莊裡最強的醫生達特
也束手無策。
你最近有點過頭了啊，
加德曼。
我找你回來，是因為我的母親想
見你最後一面，而不是要聽你說
教，斯拜。

斯拜……一直以來我都很感謝你。
抱歉，還讓您抱著病痛來村莊外碰面……
沒事的。你爺爺的死，我感到很痛心……你們在外頭的這段時間……真是辛苦了！
謝謝您的關心，
我爺爺走得很安詳，一點痛苦都沒有。
侍奉你們，是我和爺爺最高的榮耀。
但是，我很抱歉，我們並沒有找到任何可以對抗高等獸族的方法……

別這樣說，我們早就已經放棄了……
這一點都不能怪你們。
請您務必要好好活到那個時候，布蘿拉大人！
總有一天，我會找到方法的。

幾天後，我的母親還是病故了。
有時候，我不知道我現在到底在做什麼。
我們所做的一切就好像是個笑話。
……
無論如何，
我都會跟隨著你。

你早就停滯不前了，加德曼。
不斷侵占其他村莊，讓你很有成就感吧？
但現況永遠都不會改變啊！
你在說什麼……
我說我越來越不能認同你了，加德曼。
我搞不懂你，起初不也是你要我更加殘忍嗎？
如今卻擺出一副同情其他人的模樣，
達特，你到底要我怎麼做？
沒錯，我當初是想要你有所改變。
但可不是像現在這樣。

我們只是在獸族底下苟且偷生的活著，不如說，你根本沒有想要跟牠對抗的意思。
七年後
最近村莊裡有一些人都往達特那邊站了，達特的影響力可是越來越大囉，加德曼。
需要警告他一下嗎？

斯拜寄信過來了，皮斯村現在要去攻打鐵人村，那邊目前沒有任何防備，
要是讓他們占領鐵人村就不妙啦，我們該有所動作了。
不了，別理他。
你也放任皮斯村和鐵人村很久了啊，
怎麼不早一點將他們鎮壓住呢？
有如此規模的村莊，就只剩下三個了，
我只是覺得，留他們活口，以後或許會有用處吧。

結果，在攻打皮斯村的過程中，我失去了左手，達特也被他們擄走。
斯拜（在皮斯村當間諜）
達特被抓來了啊……他該不會被處死吧？
安德
快點把他給殺了啊！他可是光頭村的人！
熱火
冷靜，他也救了我們不少人，
先將他囚禁起來，再盤問出光頭村的位置在哪裡。

達特
你當初為什麼不直接跟他們一起撤退？留在這裡對你來說只有壞處吧？
不，我累了，在這裡更適合我好好休息。不過，我可是不會告訴你們任何事情的。
就這樣，時光飛逝。光頭村的過去宛如一場夢，直到沃夫出現……

第41話　啊。

推爾：
光頭村的特別人物，有著能操控低等獸族的道具。
名字含意為「馴獸師」。

加德曼！起來吧！
……！
待會就要舉辦賜名儀式了！
啊啊……剛剛一不小心就睡著了。
儀式完成後，再好好睡上一覺吧！
你先去準備準備！

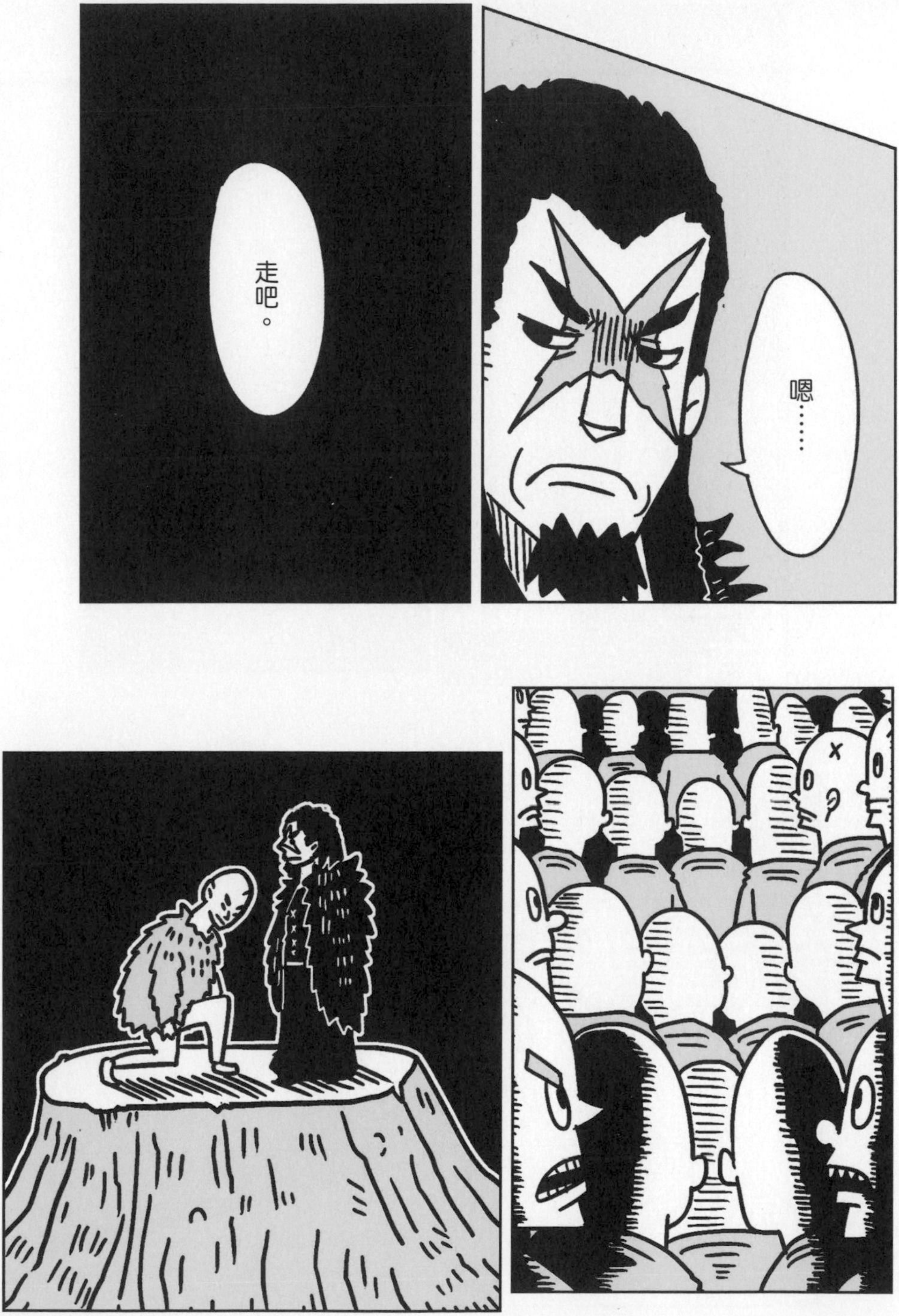

嗯……
走吧。

把你原本的名字告訴我吧！
稻草。
從現在起，我允許你擁有自己的名字！
稻草，就由你來擔任新的特攻吧！
好好發揮吧！
是，請多多指教了！

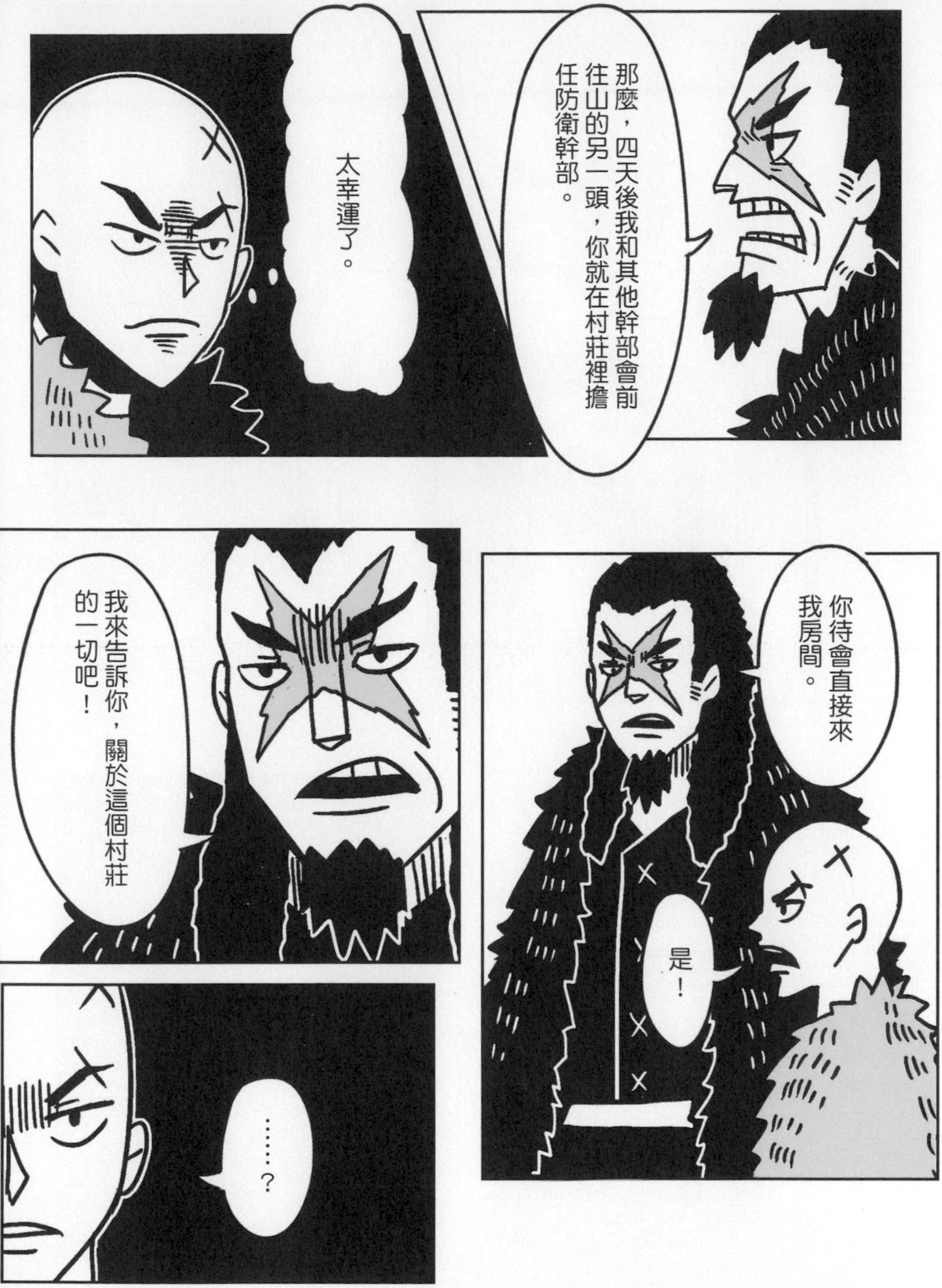
那麼，四天後我和其他幹部會前往山的另一頭，你就在村莊裡擔任防衛幹部。
太幸運了。
你待會直接來我房間。
是！
我來告訴你，關於這個村莊的一切吧！
……？

稻草他……
已經進去加德曼的房間一整個下午了耶……
稻草要擔任防衛幹部呢！
看來這次會比想像中輕鬆啊！
你說什麼？
你剛剛說的那些……
全部都是真的嗎?!

什麼賽伯拉斯、遊戲規則的，不可思議啊！我完全不知道！
不對啊，我來到這個村莊也已經八年了！怎麼可能完全沒有聽說呢？
為什麼不讓全村的人都知道這個消息？
不對！應該說、這種事情怎麼會沒有人知道呢？不合理啊！
因為沒必要讓大家知道啊。

「原先」的村民在經歷多次戰爭後，已經寥寥無幾。
現在村莊裡大多數的村民，都是被強行抓來的。
到後來，我也是沒說理由就侵占村莊抓人，你們當然不會知道關於賽伯拉斯的事。
並且，
那些跟我一起去山的另一頭和賽伯拉斯交易的村民，都是從「卡門村」時期就跟著我的人，也就是「原先」的村民。
他們都聽從我的命令，沒有將這些事情告訴其他人。
因此，你們這些後來的村民才會對這些事情一無所知。

所以我才不懂！
為什麼不讓大家知道？
你可知道村莊裡面有多少人對你充滿憎恨嗎？
讓所有人知道……然後呢？
同情這個村莊嗎？更加團結一致嗎？
別傻了，這只是讓所有人更加絕望……
面對那樣的敵人……我們的現況永遠都不會改變啊！

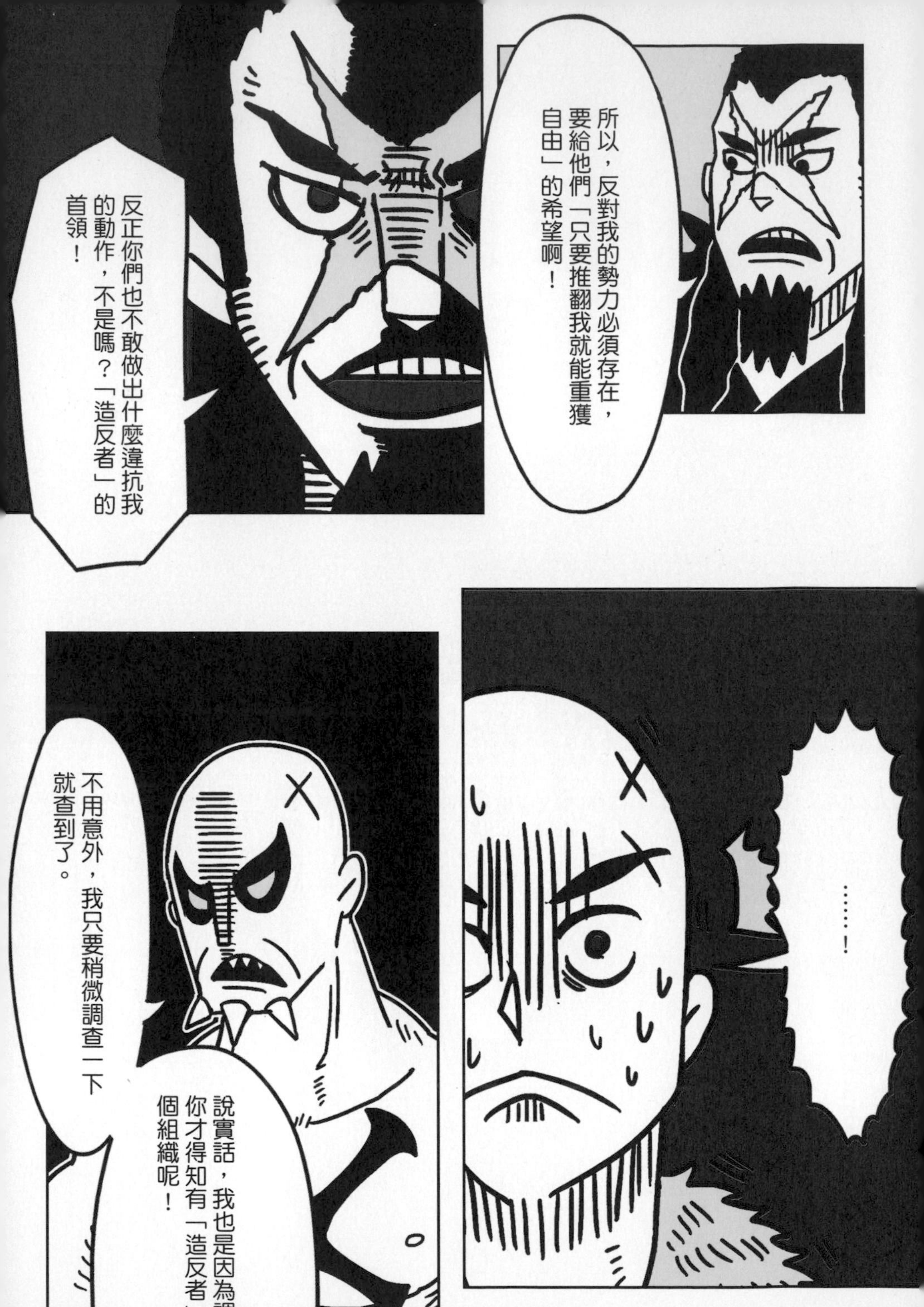
所以，反對我的勢力必須存在，要給他們「只要推翻我就能重獲自由」的希望啊！
反正你們也不敢做出什麼違抗我的動作，不是嗎？「造反者」的首領！
……！
不用意外，我只要稍微調查一下就查到了。
說實話，我也是因為調查你才得知有「造反者」這個組織呢！

你們這些「造反者」，對這個村莊來說就是流動的血液！
別擔心我會對你怎樣，相反的，得知你是「造反者」的首領後，我才更放心讓你擔任幹部！
你的存在就像是「達特」，他底下的人也都對我不滿！
說起來，「造反者」現在有什麼計畫嗎？
不，沒有……
我諒你們也沒那個膽。

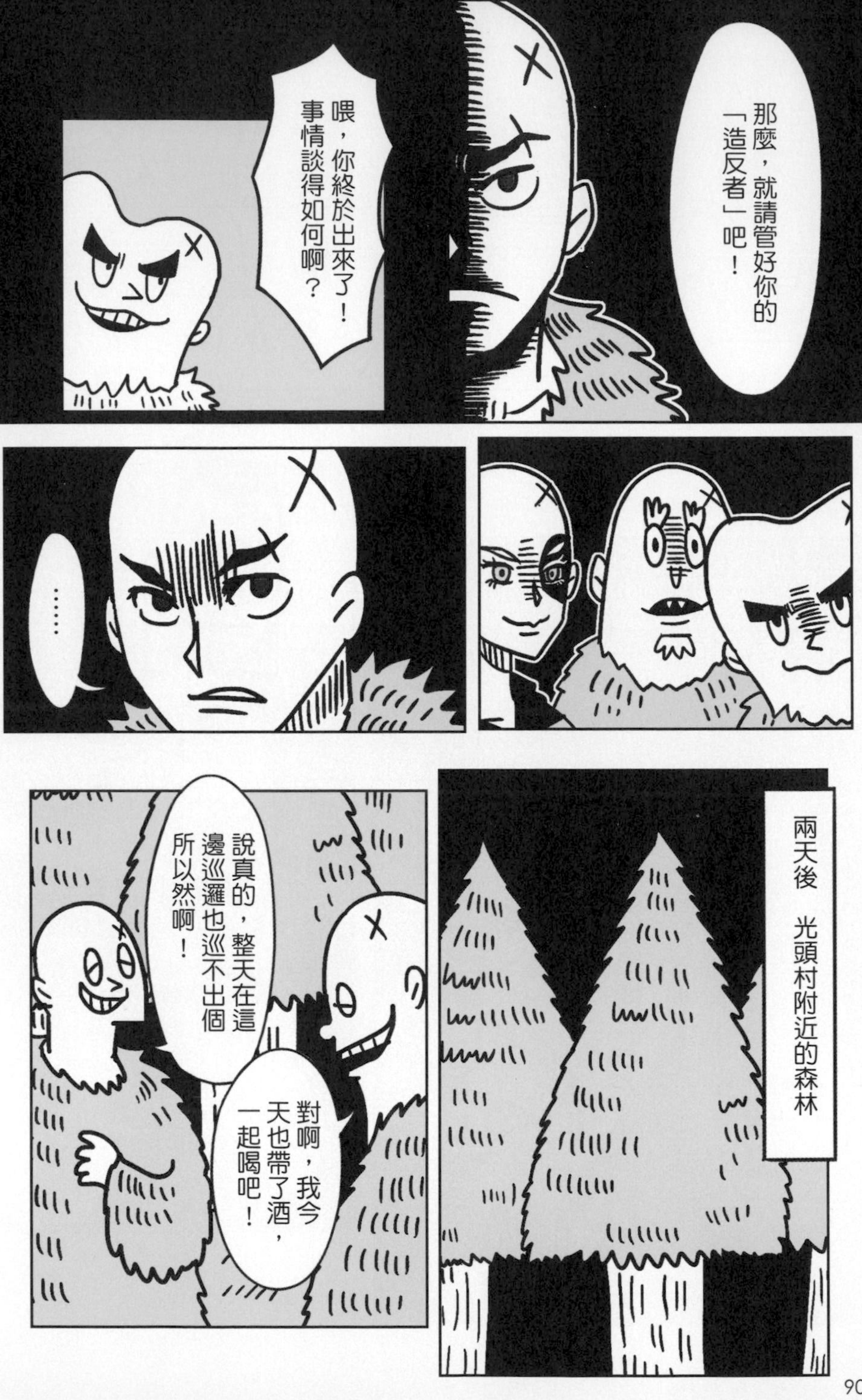
那麼，就請管好你的「造反者」吧！
喂，你終於出來了！事情談得如何啊？
……
兩天後　光頭村附近的森林
說真的，整天在這邊巡邏也巡不出個所以然啊！
對啊，我今天也帶了酒，一起喝吧！

要是被渦力安大人知道可不妙啊！
啪嚓！
嗯？什麼聲音？
啊。

第 42 話　繼續吧

艾曼露：

擅長使用毒藥的女子，加德曼之女，
但是無人知曉，包括她自己。
名字含意為「綠寶石」。

CHOP!!

SHUK!!
WOOSH

WOOOOOOO
SHUK!

!!!!!!
SHUK!!!!

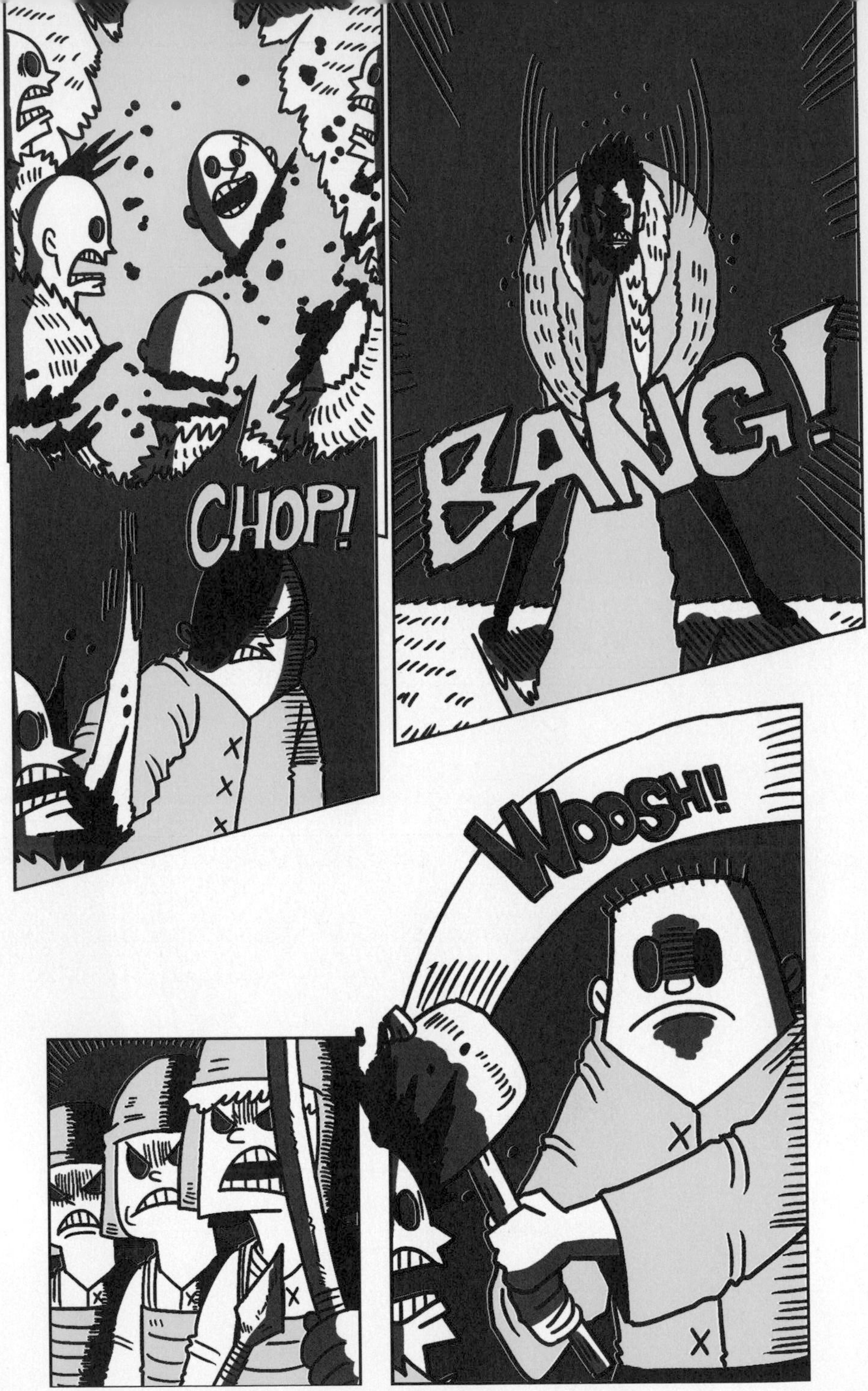

CHOP!
BANG!
WOOSH!

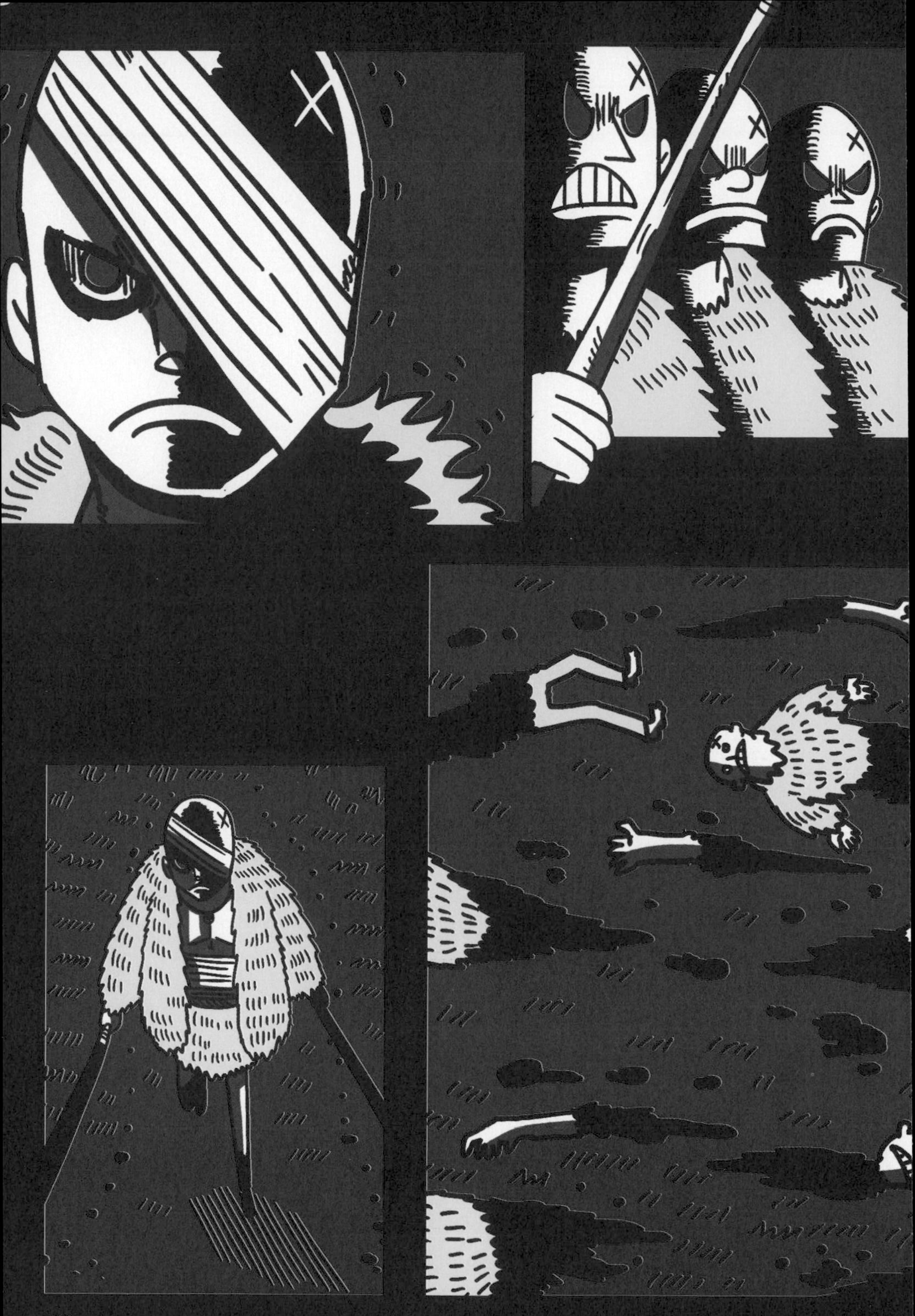

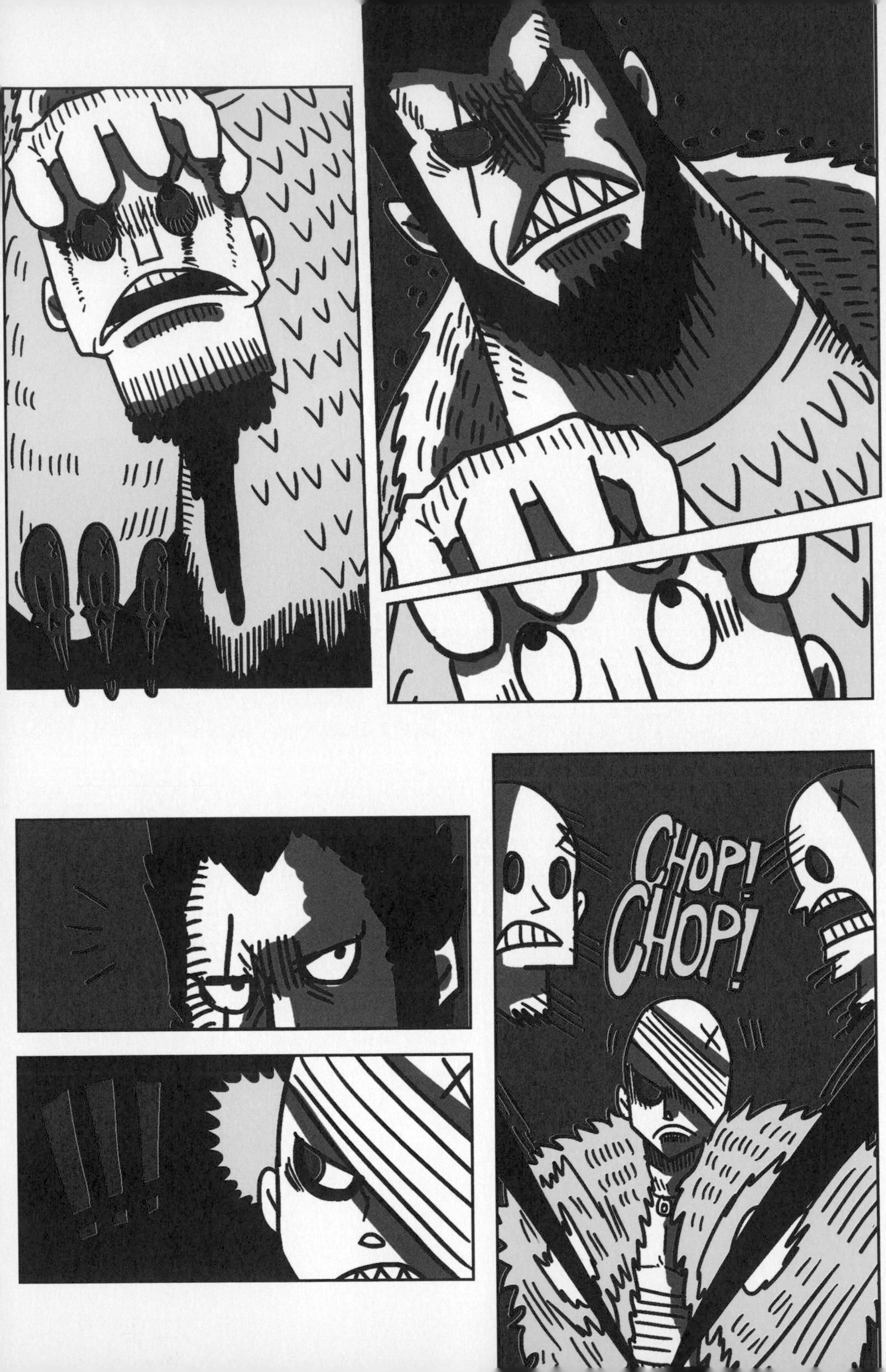
!!!
CHOP! CHOP!

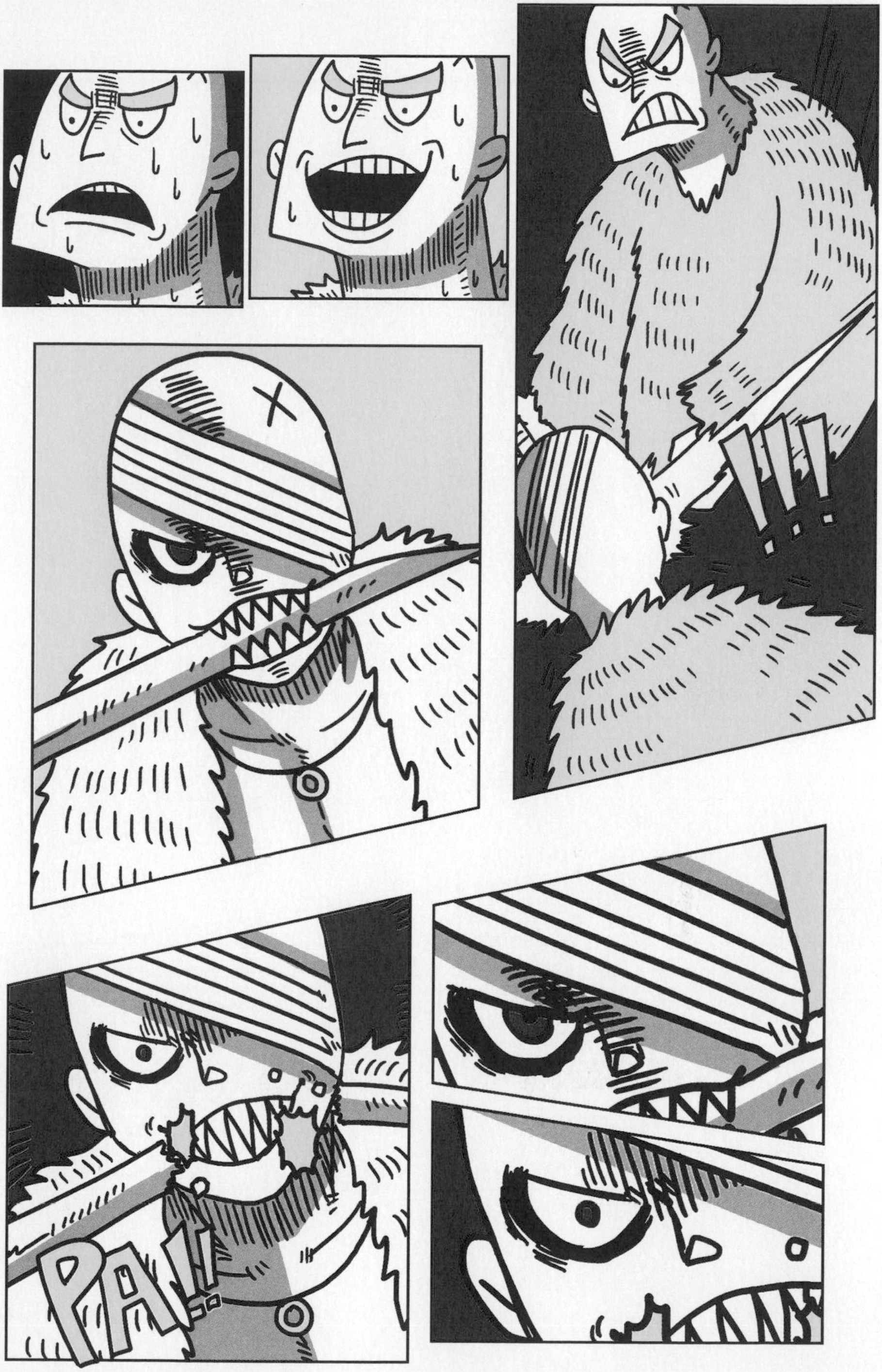
!!!
PA!!

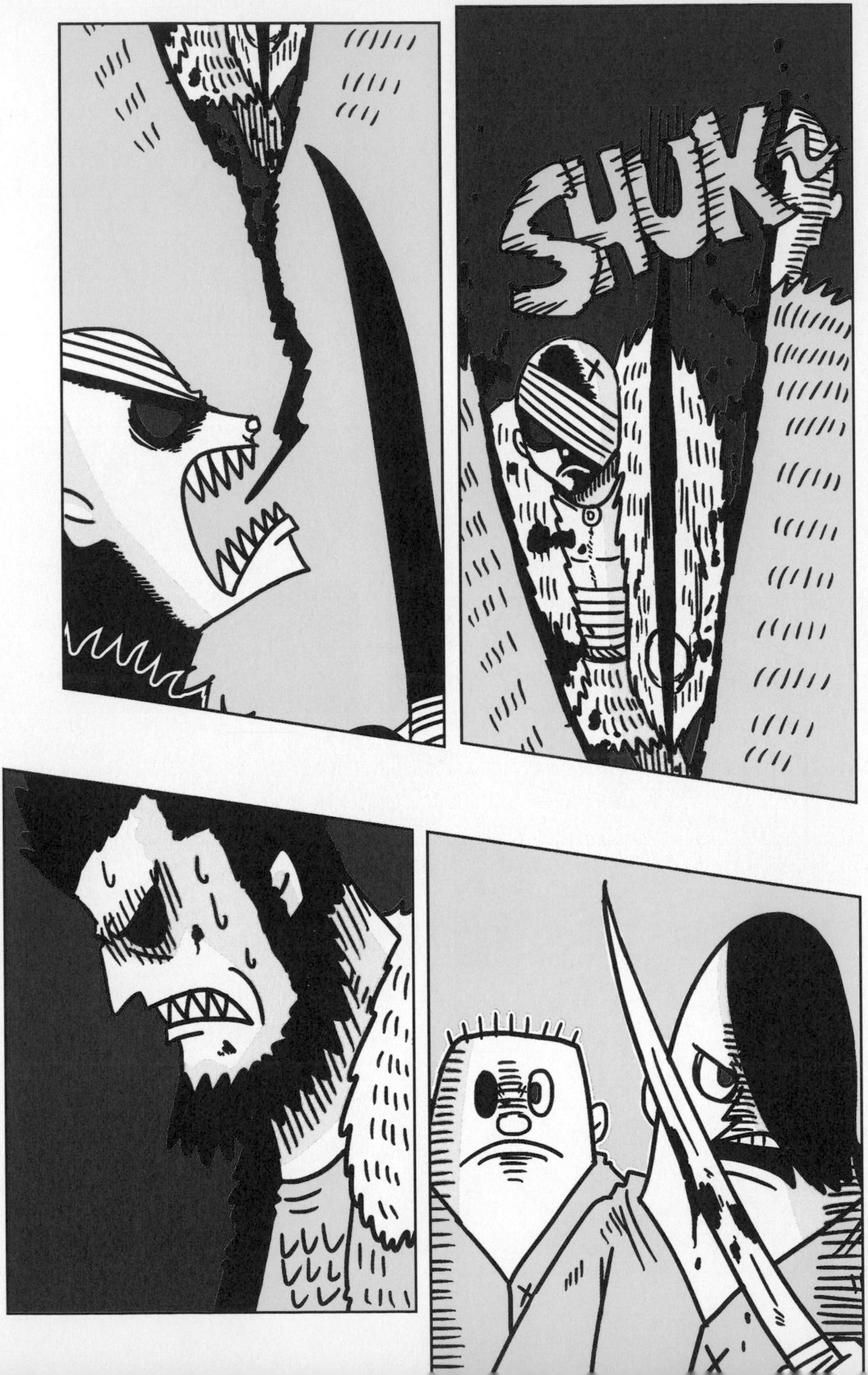
SHUK

第 43 話　把眼睛閉起來吧

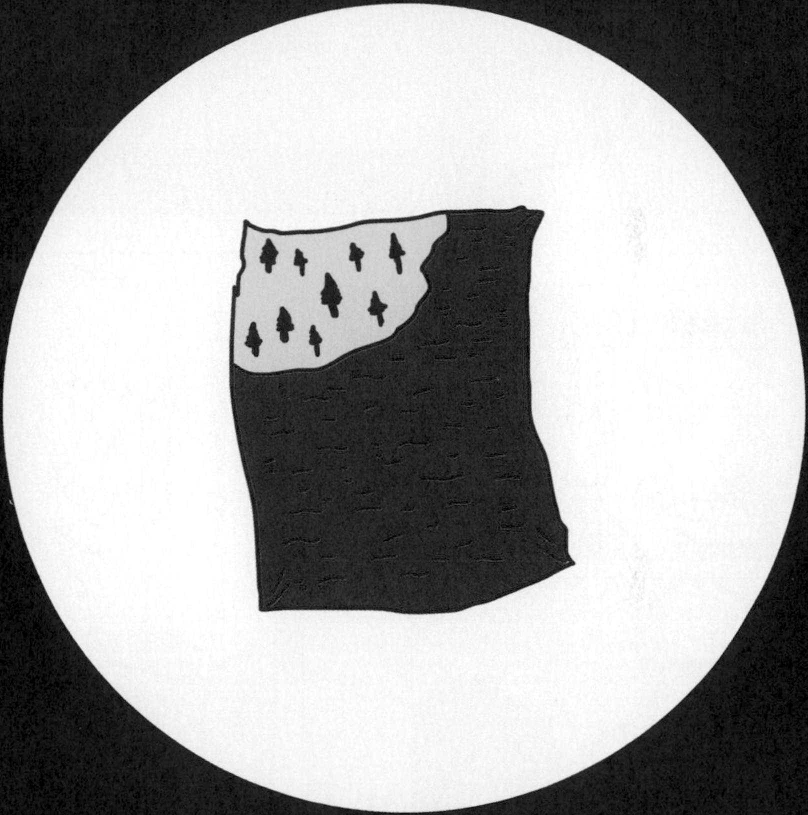

地圖上的大海：
大海被不毛之地的人們視為「世界的邊境」，
目前的故事中，尚未有人類跨出大海。

WOOOOOOOOO
啊啊……繼續吧。
前面就是光頭村了，如何？妳應該很期待吧……
只要待在光頭村，就能見到賽伯拉斯……對吧？
沒錯。
喂，你看前面！

把眼睛閉起來吧。
老天！你當我還是三歲小孩嗎？
這傷口是刀砍的吧？
力氣還真大啊！竟然能將身體劈成兩半！
……熱火？萊恩？
皮斯村的人殺到村莊外了！

外頭的守衛都被殺了！
交給我吧……
那個熱火也有來吧？看來會是一場硬仗啊……
還是被他們找到我們的位置了嗎？
稻草，你負責村裡的防備！
是！請交給我吧！
!!

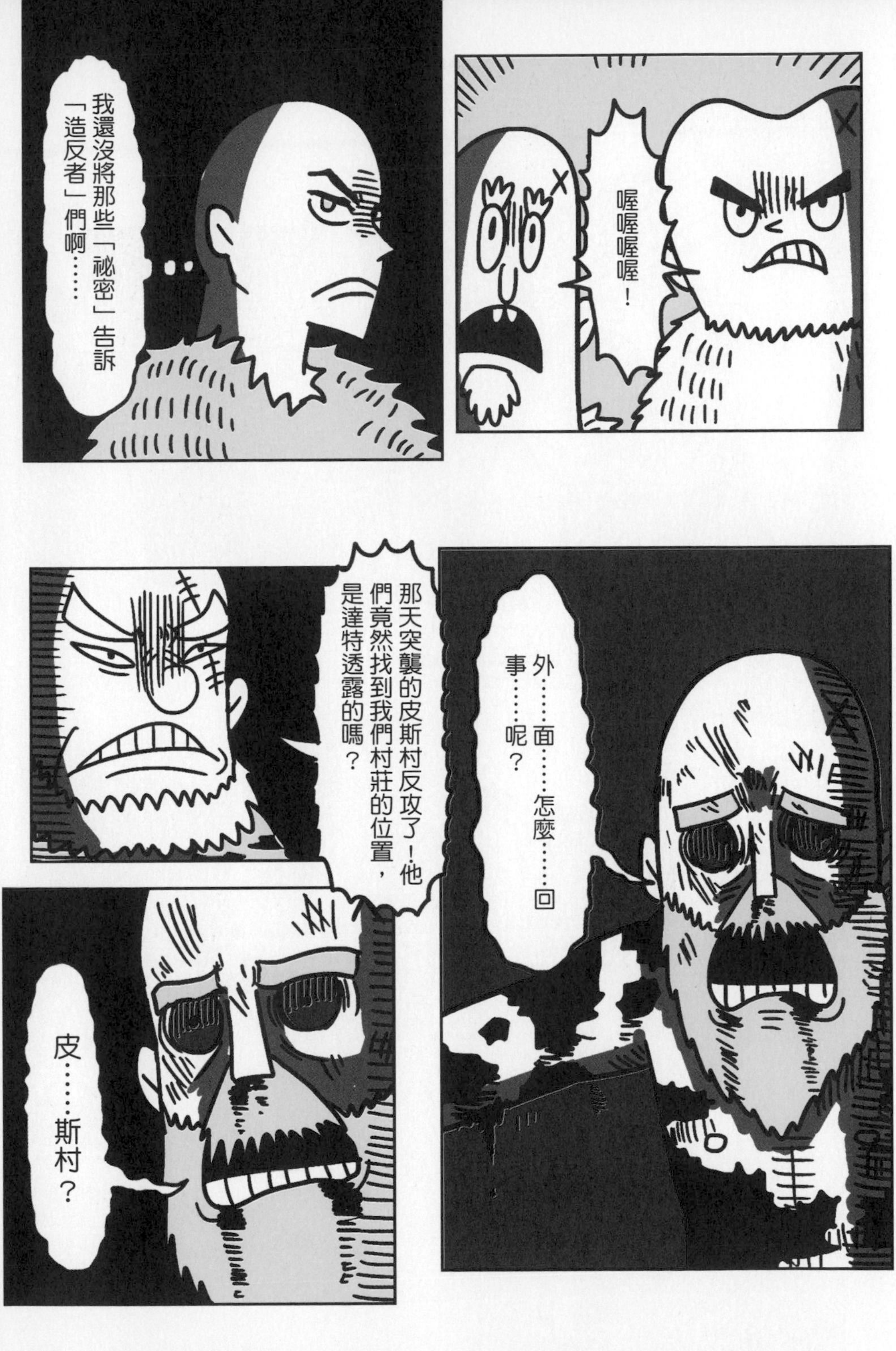
喔喔喔喔！
我還沒將那些「祕密」告訴「造反者」們啊……
外……面……怎麼……回事……呢？
那天突襲的皮斯村反攻了！他們竟然找到我們村莊的位置，是達特透露的嗎？
皮……斯村？

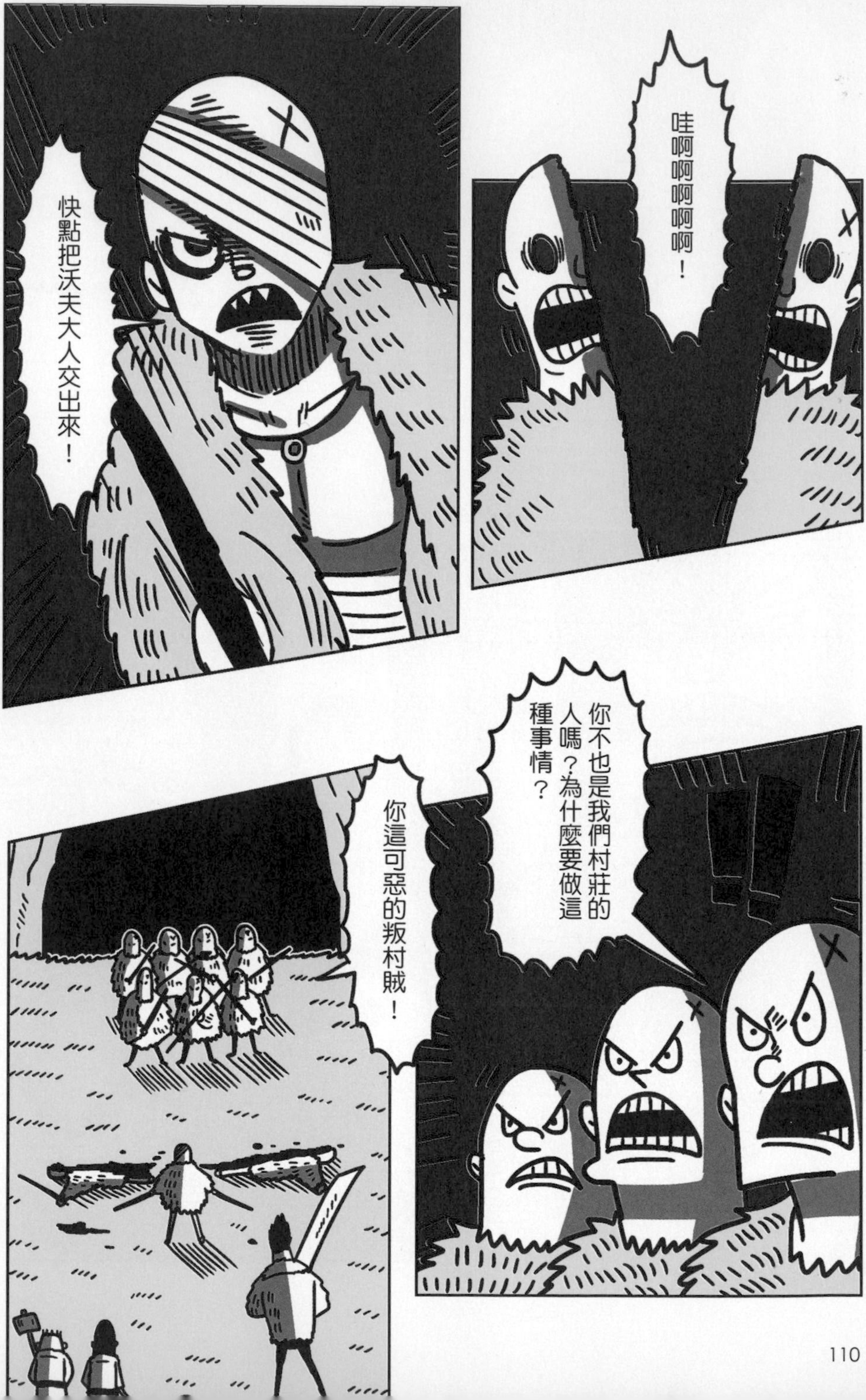

哇啊啊啊啊啊！
快點把沃夫大人交出來！
你不也是我們村莊的人嗎？為什麼要做這種事情？
你這可惡的叛村賊！

你們是被統治到連尊嚴都沒有了嗎？活在這樣的村莊裡不覺得悲哀嗎？他可是把我們當作螻蟻看待啊！
你才悲哀！加德曼大人可是像神一般的存在啊！正因為他的統治，才讓我們有活下去的意義！
加德曼大人對我們的殘忍就是上天對我們的仁慈！他沒有把我們當作螻蟻，他給了我們滿滿的愛啊！
咦？你們都這樣認為嗎？但我覺得真的很痛苦啊……
你說什麼？

我真的很害怕加德曼大人啊！
你這可悲的廢物！難道沒有感受到加德曼大人對我們的愛嗎？
不！我覺得他說得沒錯，加德曼對我們就只有高壓統治而已！
起內鬨了嗎……

我說啊……
不如趁這次機會，
跟皮斯村一起推翻村莊吧。
妳竟敢講出這樣的話！
村莊不需要妳這種人！

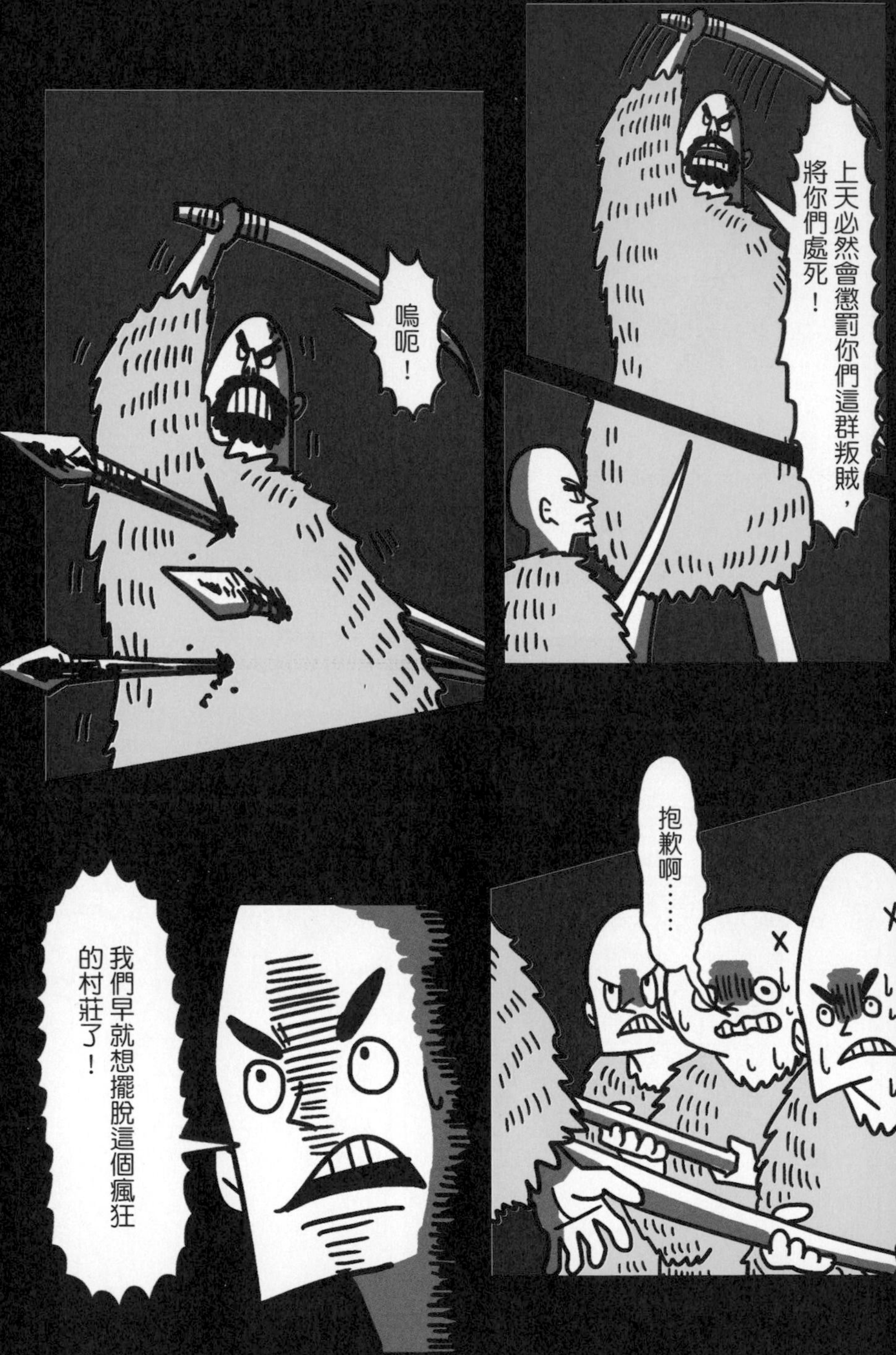
上天必然會懲罰你們這群叛賊，
將你們處死！
嗚呃！
抱歉啊……
我們早就想擺脫這個瘋狂
的村莊了！

混帳！竟然攻擊自己人！你們都是叛村賊嗎？
是又如何？我可不想背叛自己的內心啊！
我連自己的名字都忘記了啊！
我要重拾我的尊嚴！我的榮耀！
啊，是大哥！

點頭
OHHHH!!!
大夥們！攻進光頭村吧！
注意，不要傷到「自己人」！
果然和稻草說的一樣，他可是很期待你回來呢。
「造反者」會全力協助你這次的行動！
「造反者」？

因為你一直刻意疏遠我們，所以稻草沒有告訴你吧？「造反者」是稻草三年前成立的祕密組織，集結了許多對這個村莊極度不滿的村民。
我們本來計畫在兩天後，趁加德曼他們去山的另一頭時推翻這個村莊，但現在似乎可以提前行動了啊！
嗚哇喔喔喔喔！
你們竟敢叛村！
叛村者格殺勿論！

第 44 話　我可是戰士啊！

飛行艇：
高等獸族之交通工具，能夠輕鬆飛上天空。

!!
喂！怪物！站住！
幾分鐘前
你先去和剝齊會合吧！
你要一個人去對付熱火？
你怎麼可能有辦法對付他！

我死了的話……
你就再選出一名你信任的幹部就好啦！
混帳！你在說什麼傻話啊?!
哈哈哈哈！開玩笑的啦！我不會輸給他的！
他現在應該已經沒剩多少體力了！
我可是戰士啊，你就別擔心了。
倒是你才要小心點，現在村裡一團亂！
對了，加德曼。
嗯？

我們也是好不容易才走到了今天呢，
一直以來辛苦你了。
什麼嘛。
說得好像我們的村莊要滅亡了似的！
哈哈哈哈哈哈哈哈！
要是高等獸族沒出現的話，此刻會是怎樣的光景呢？
嗯……
被你忽然一問，我也不知道該如何想像！
等事情結束後，再來好好幻想一下吧！

現在
喂！怪物！站住！
高手的勝負，
往往都在一瞬間決定！
你不這樣覺得嗎？
皮斯村的熱火！
!!
這種事情怎樣都無所謂。

哇嘎嘎嘎嘎嘎！
!!
差點被劈成兩半啊！
我知道……
我根本打不贏你。
!!
抱緊
戰士們！趁現在攻擊他！不要在意我！快點！

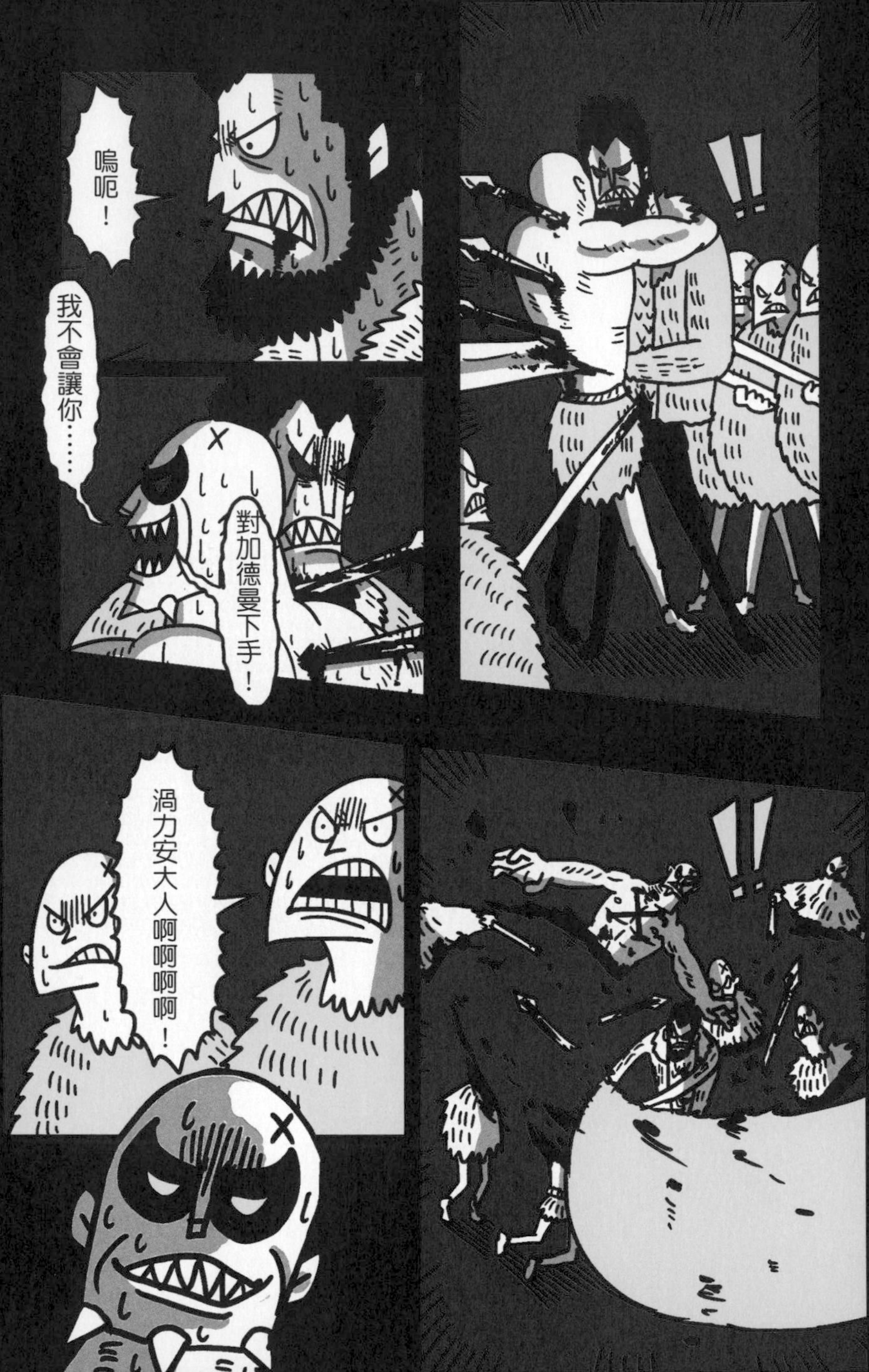
嗚呃！
我不會讓你……
對加德曼下手！
渦力安大人啊啊啊啊！

你們的村長在哪裡？
快把他給交出來！
不會讓你得逞的……
還沒死嗎？真是倔強的戰士啊！
嗚喔喔喔喔喔喔喔喔！
渦力安大人……

能夠和您一同戰死
是我們的榮幸！
要是高等獸族沒出現……
我們現在肯定正舉酒
高歌吧，加德曼！
呼……
呼……
他快不行了！
快攔住他！
搖晃
撐著點，皮斯村的戰士！
上吧！「造反者」！

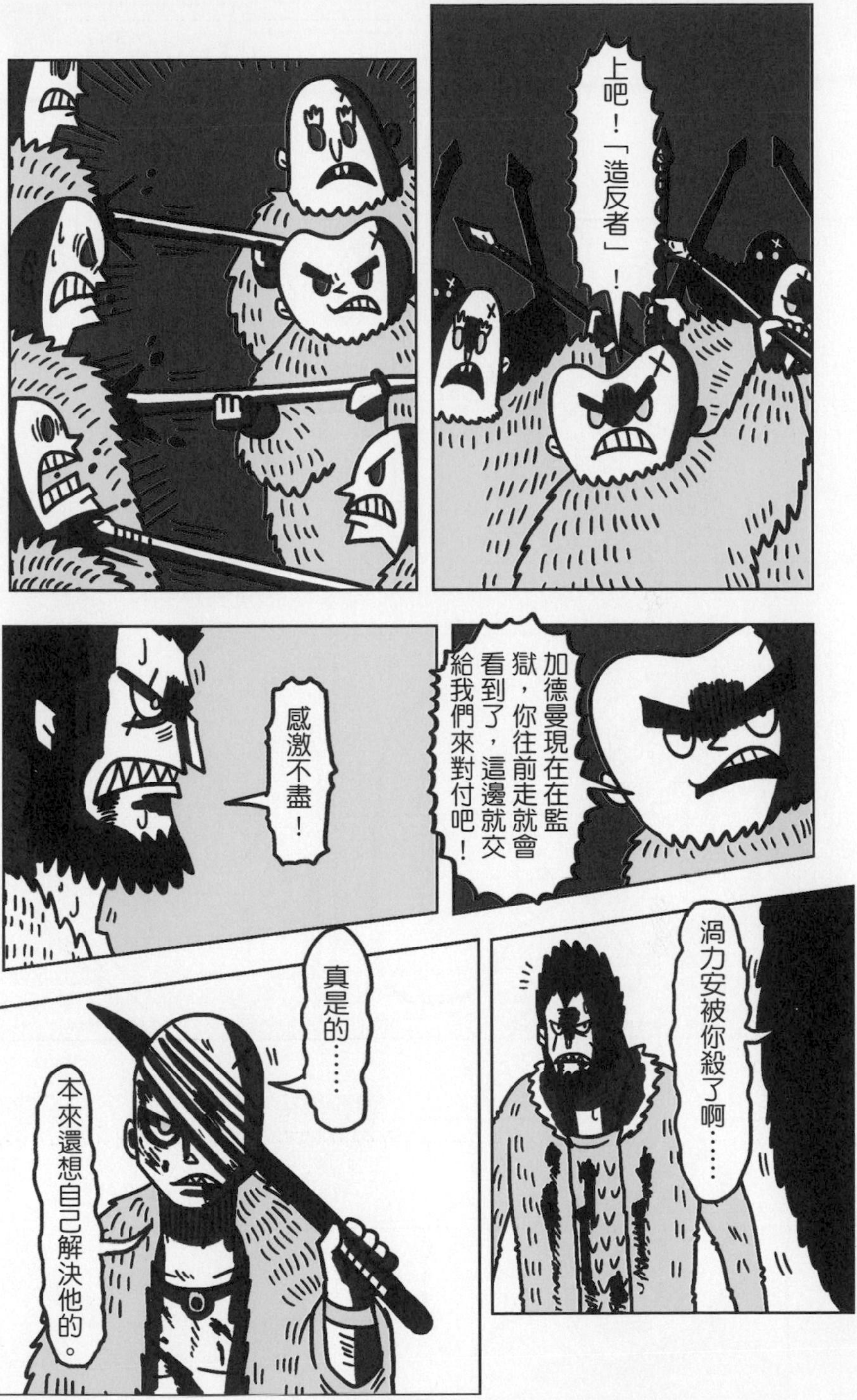
上吧！「造反者」！
加德曼現在在監獄，你往前走就會看到了，這邊就交給我們來對付吧！
感激不盡！
渦力安被你殺了啊……
真是的……
本來還想自己解決他的。

你看起來傷得很重啊，撐得住嗎？
你還好意思說我！你比我嚴重多了！
嗯……！
大哥，你來了。
我要先去監獄救沃夫大人。
怎麼了？

一切都會好轉的，對吧？
不，沒事。
說什麼傻話，
這是當然的啊！
這邊就交給我啦！大哥你先過去吧！

一切都會好轉嗎？
我怎麼會知道呢。
這也是沒辦法的事啊。
沃夫大人！

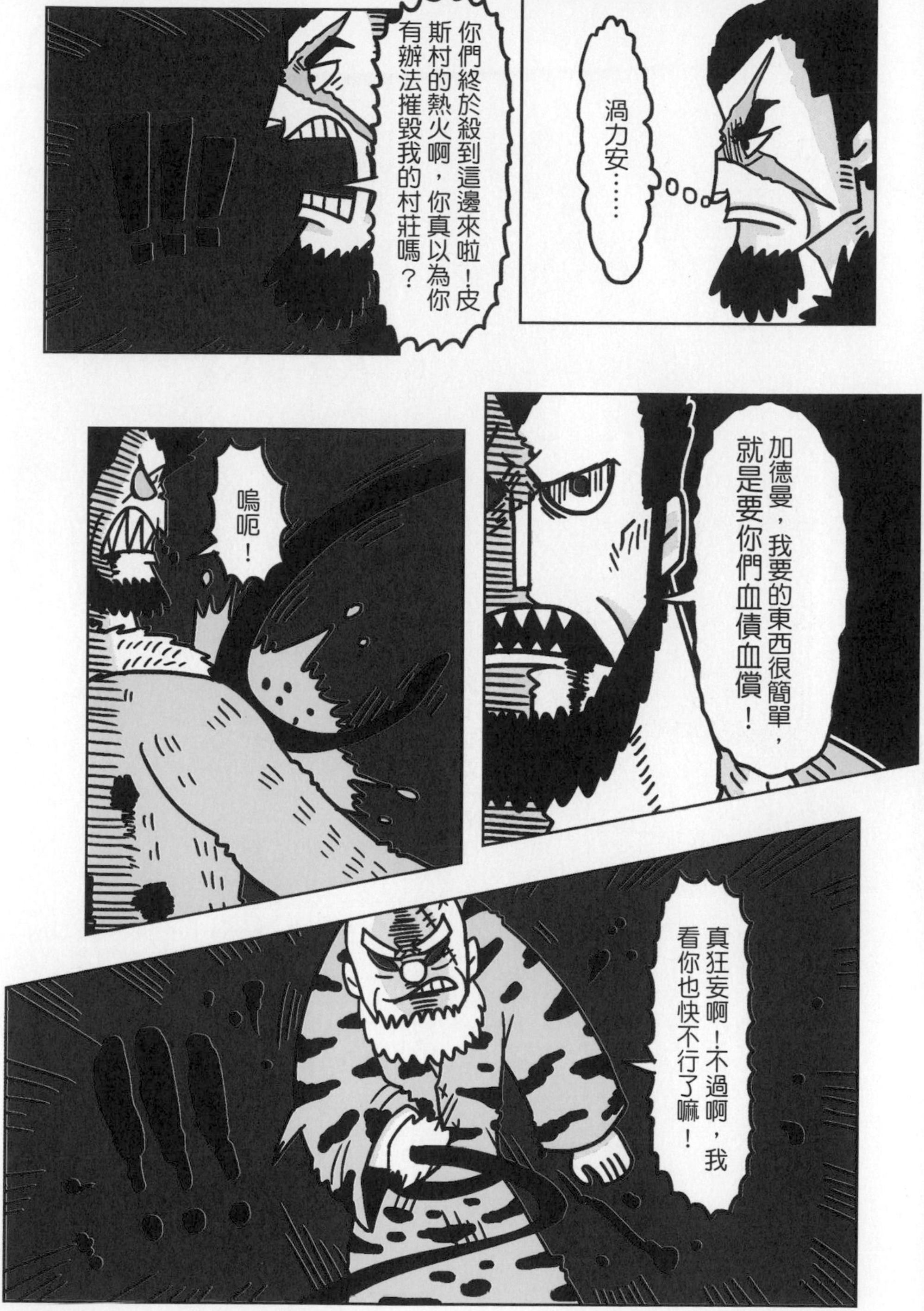
渦力安……
你們終於殺到這邊來啦！皮斯村的熱火啊，你真以為你有辦法摧毀我的村莊嗎？
加德曼，我要的東西很簡單，就是要你們血債血償！
嗚呃！
真狂妄啊！不過啊，我看你也快不行了嘛！

所以，
這就是你的遺言嗎？
！！
綁住
拉
跌倒
已經沒辦法出力了！

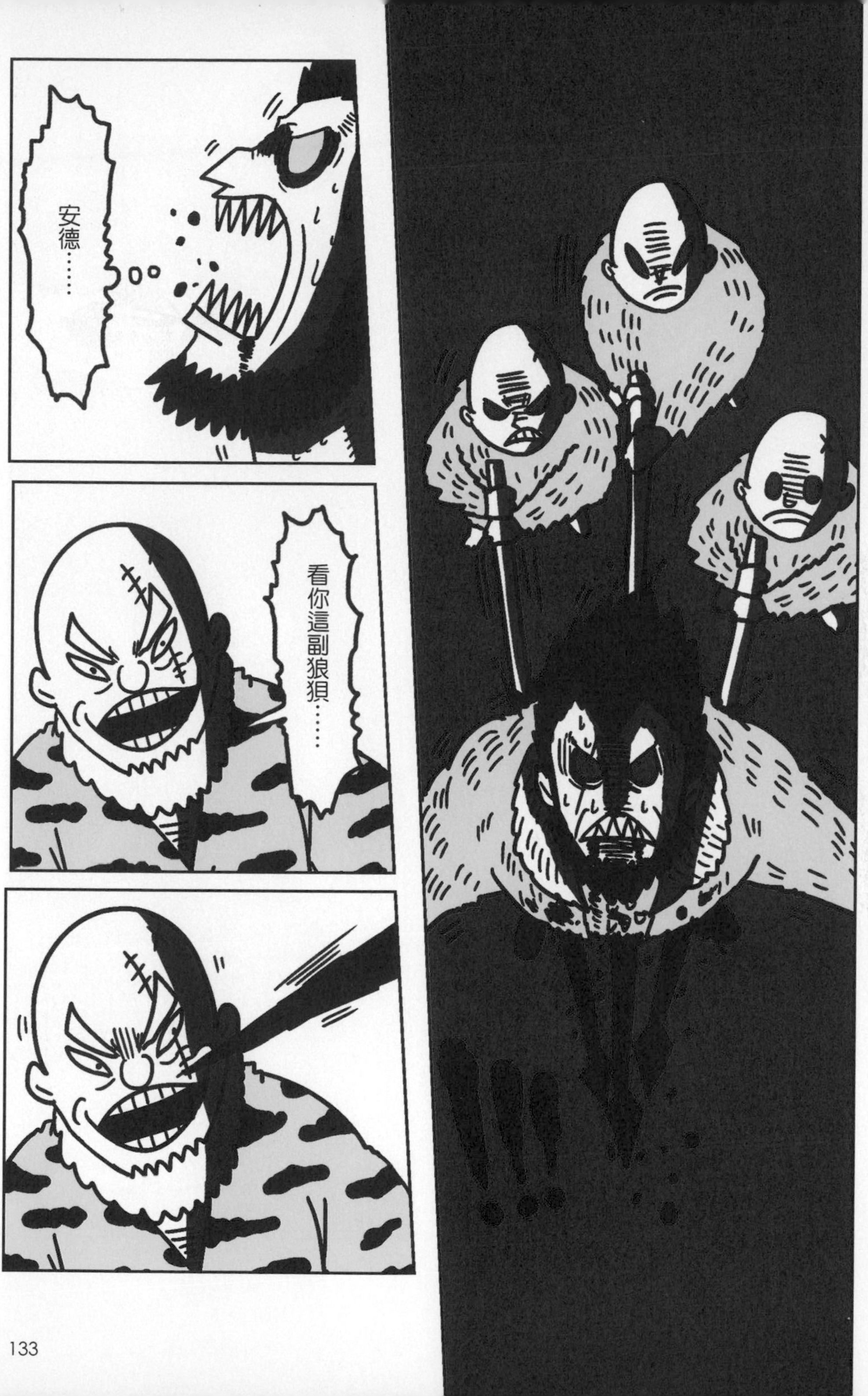
!!!
安德……
看你這副狼狽……

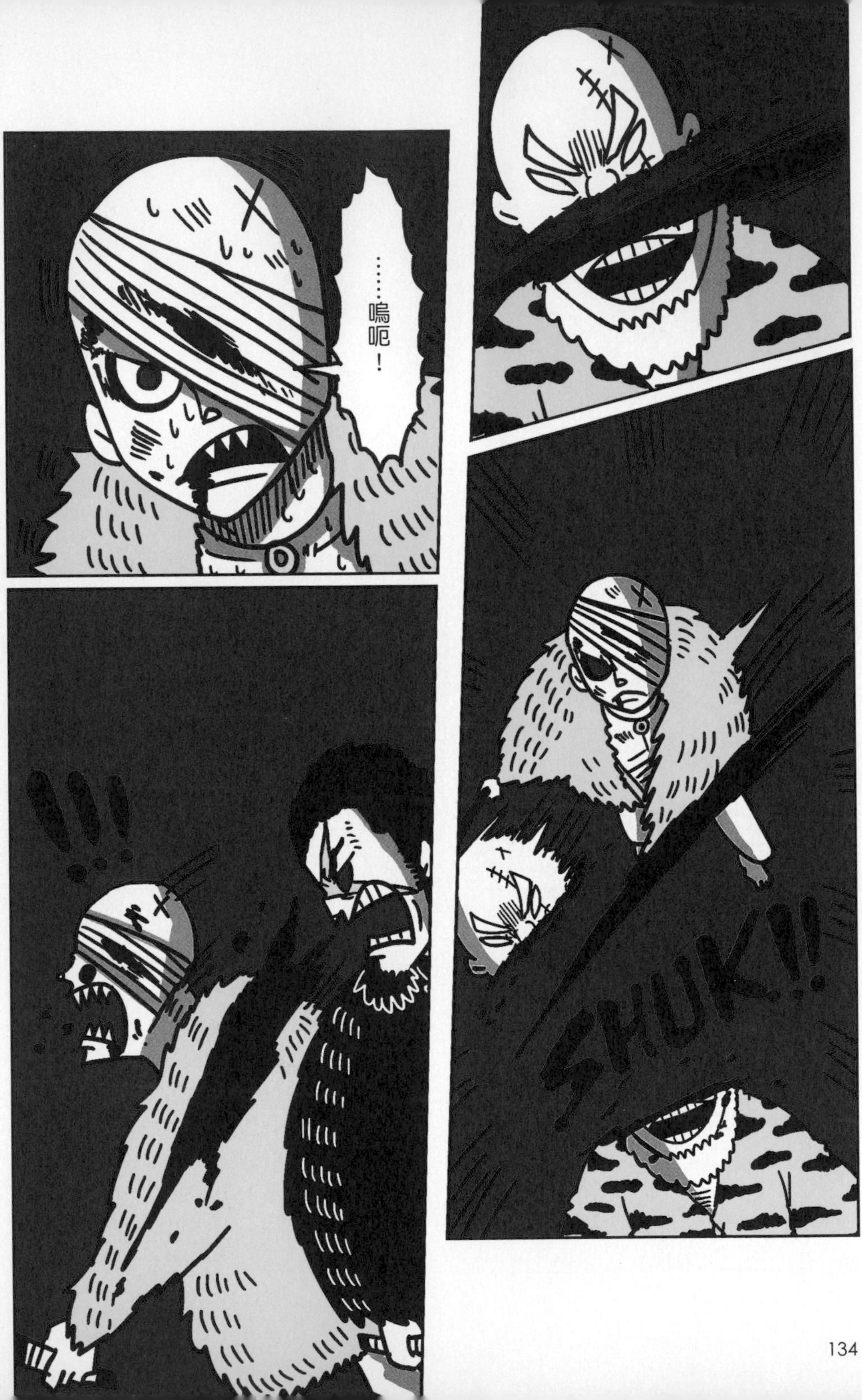
……嗚呃！
!!
SHUK!!

第 45 話　更美好的未來

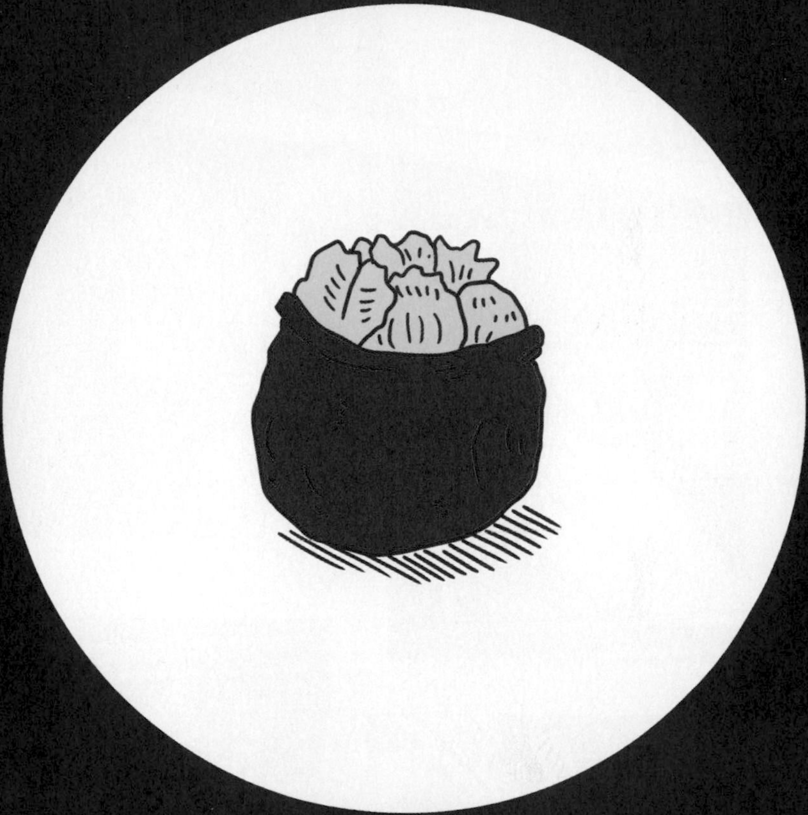

人類種植的農作物：
在高等獸族那邊，似乎具有相當高的評價。

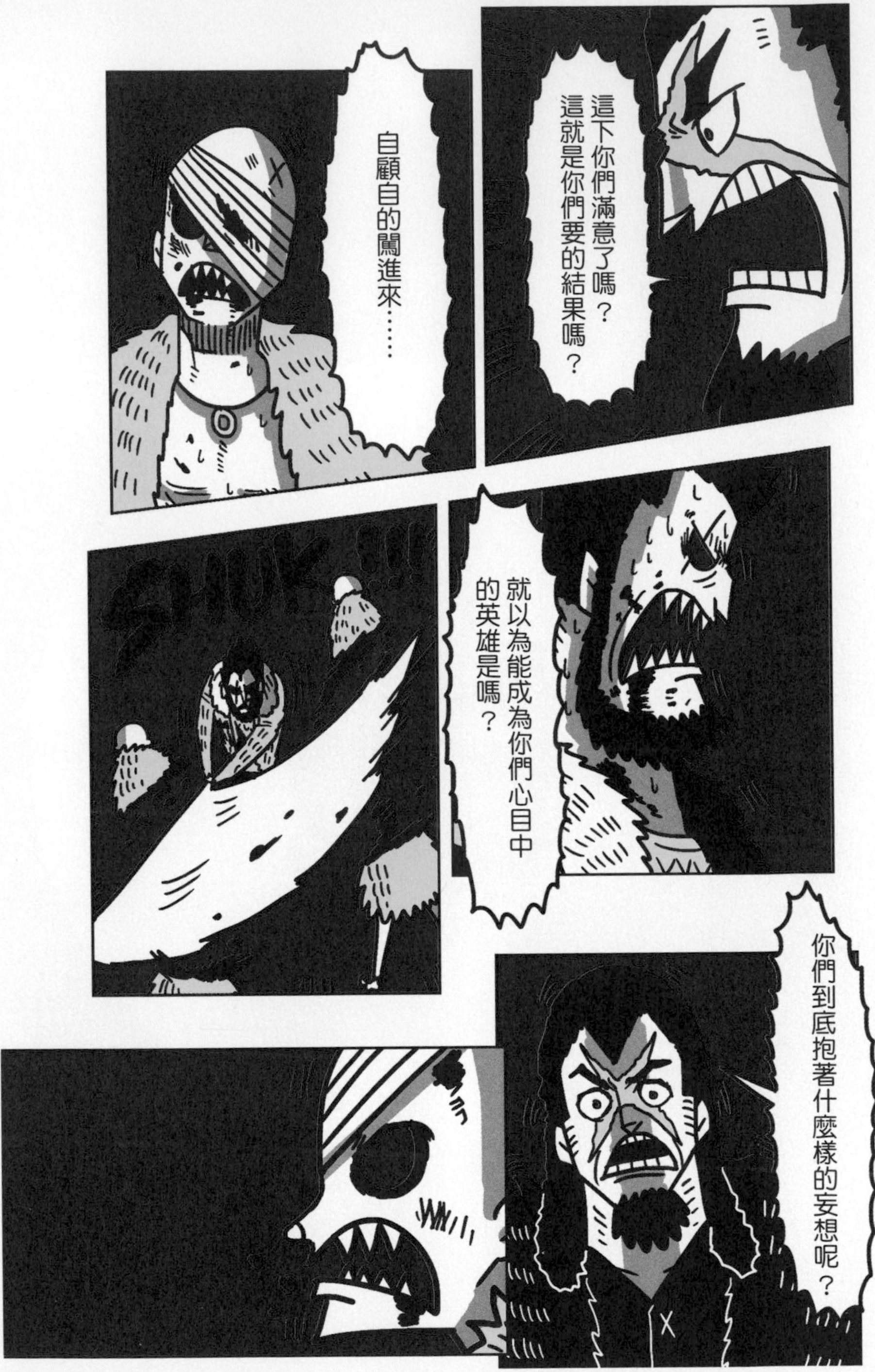
這下你們滿意了嗎？
這就是你們要的結果嗎？
自顧自的闖進來……
就以為能成為你們心目中的英雄是嗎？
你們到底抱著什麼樣的妄想呢？

妄想那些村民會感謝你們？
是你們將我一手建立的和平給破壞了！
這片土地上的人們將再次墜入噩夢！
稻草呢？叫他過來吧！

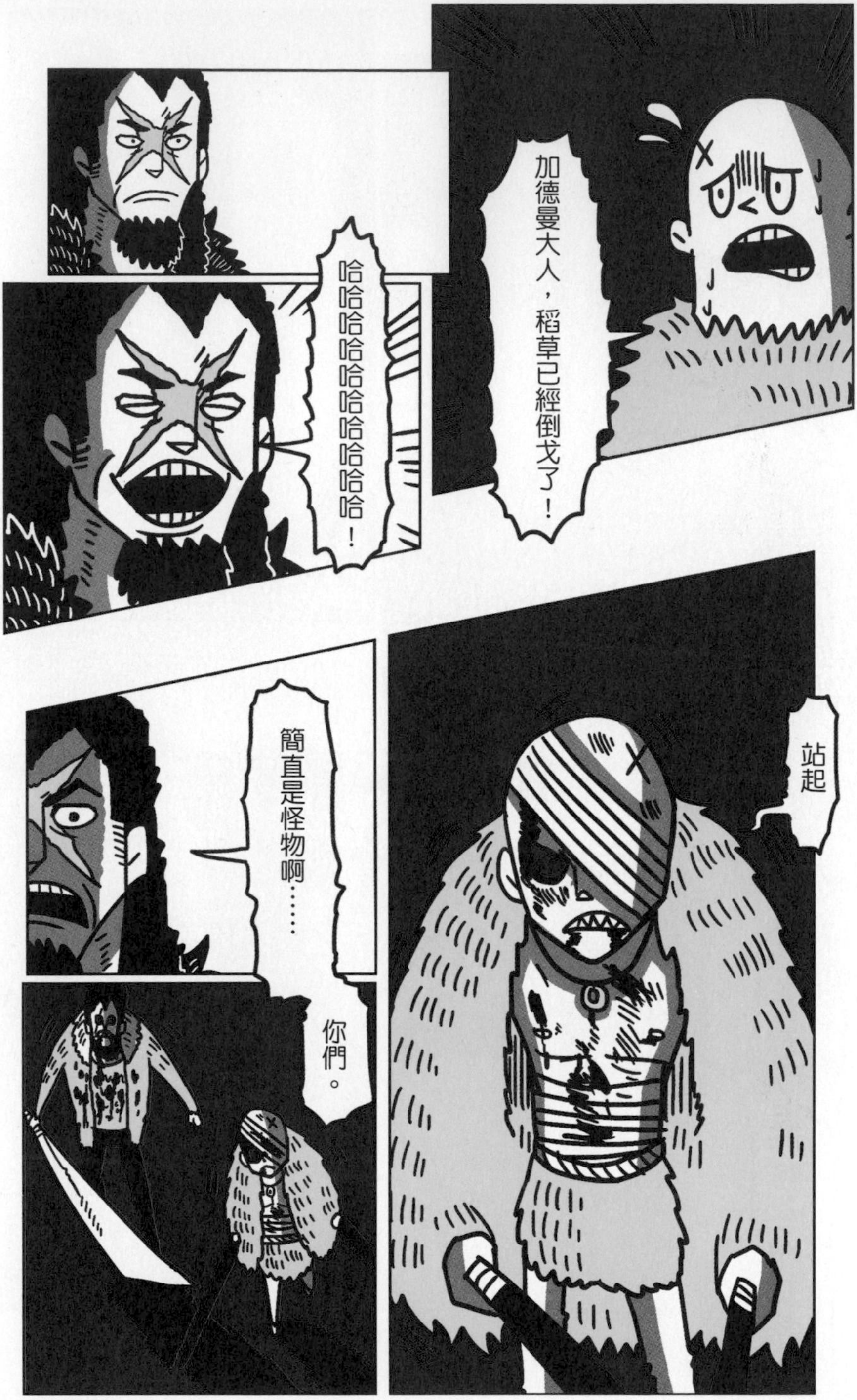
加德曼大人，稻草已經倒戈了！
哈哈哈哈哈哈哈哈哈哈！
站起
簡直是怪物啊……
你們。

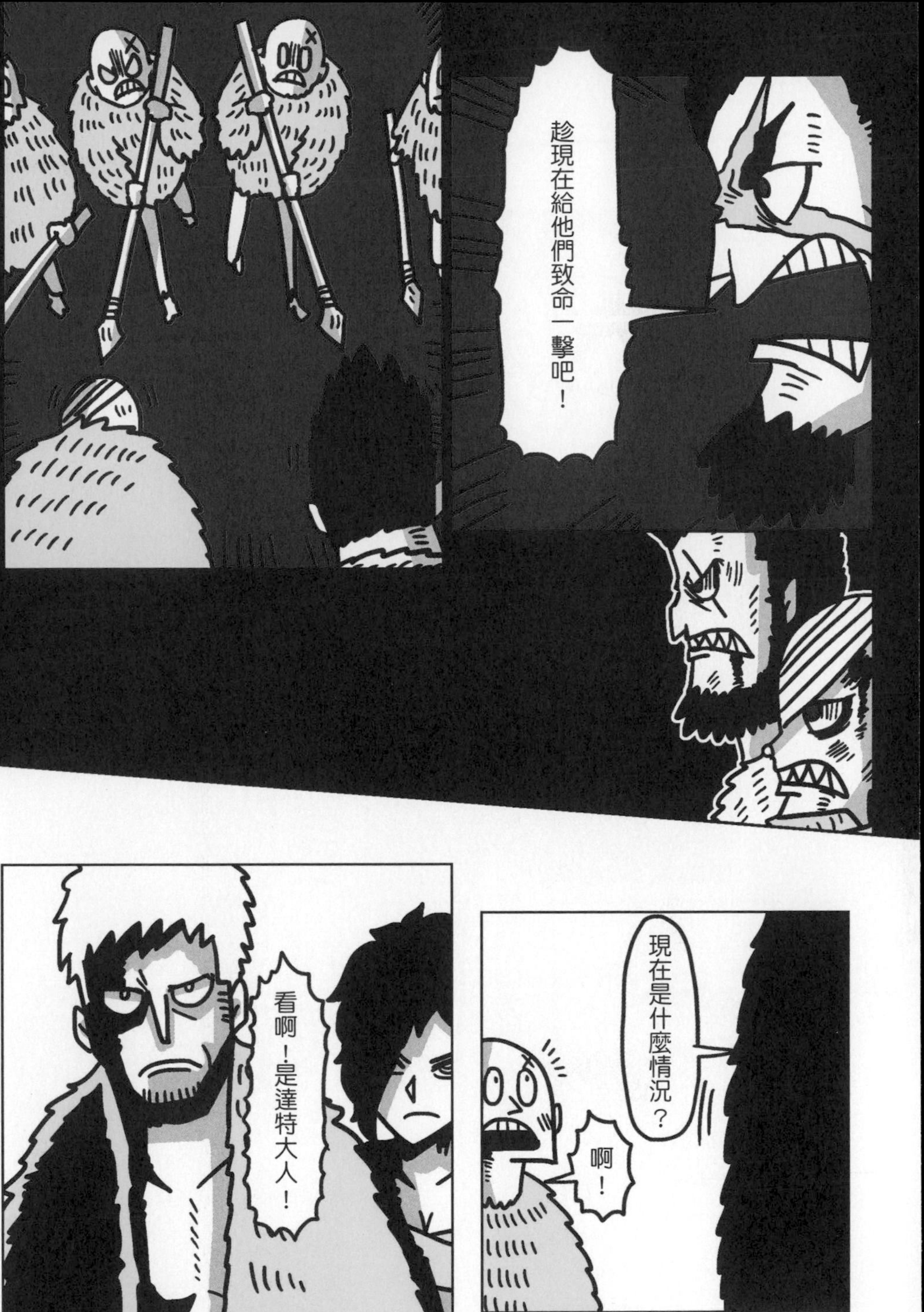

趁現在給他們致命一擊吧！
現在是什麼情況？
啊！
看啊！是達特大人！

……
眼神充滿了徬徨啊……
你們知道自己在做什麼嗎？

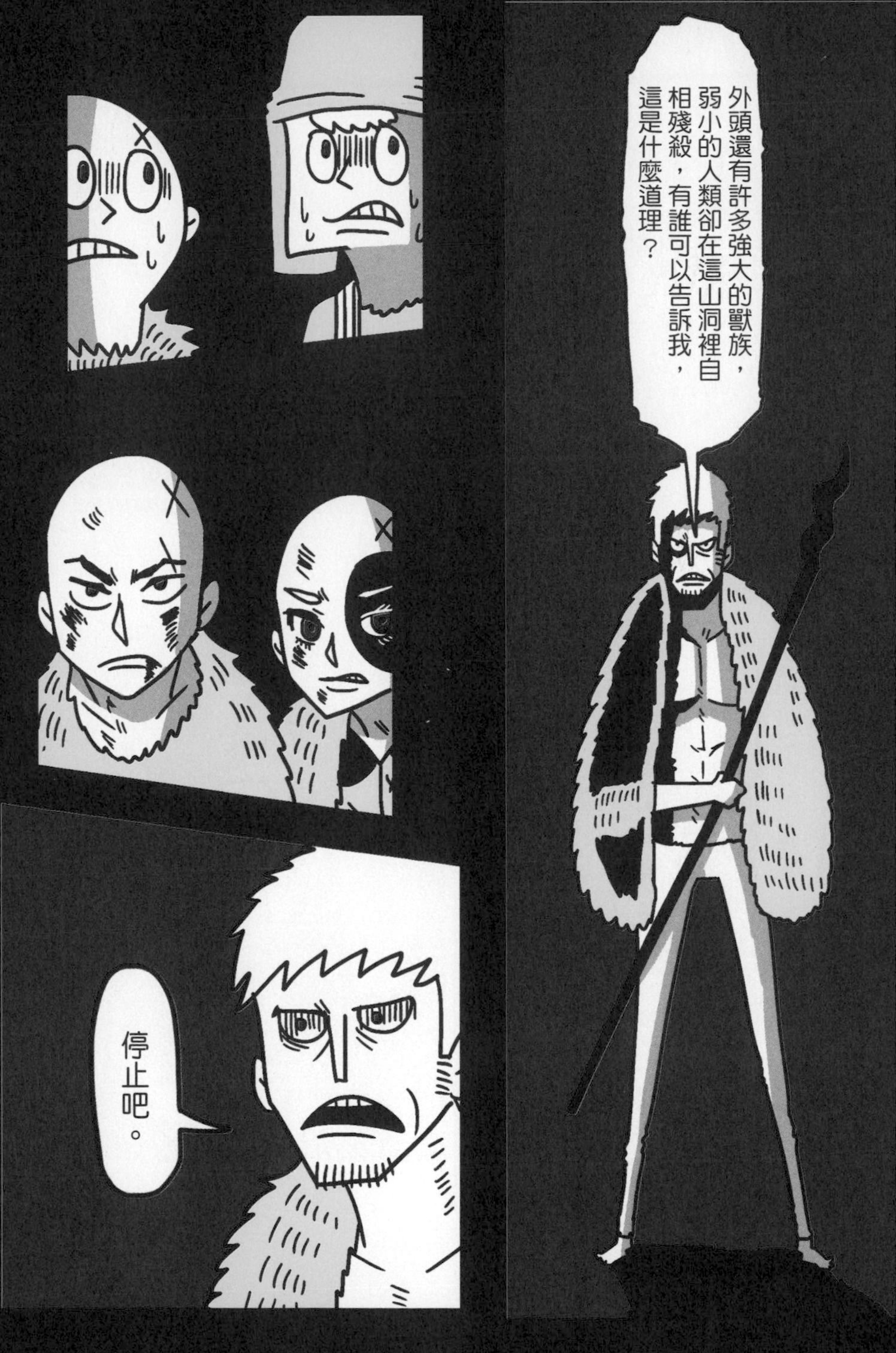
外頭還有許多強大的獸族，弱小的人類卻在這山洞裡自相殘殺，有誰可以告訴我，這是什麼道理？
停止吧。

哈哈哈！看你們那悲慘的模樣！
再繼續逞威風啊！
真是狼狽啊……咳咳！

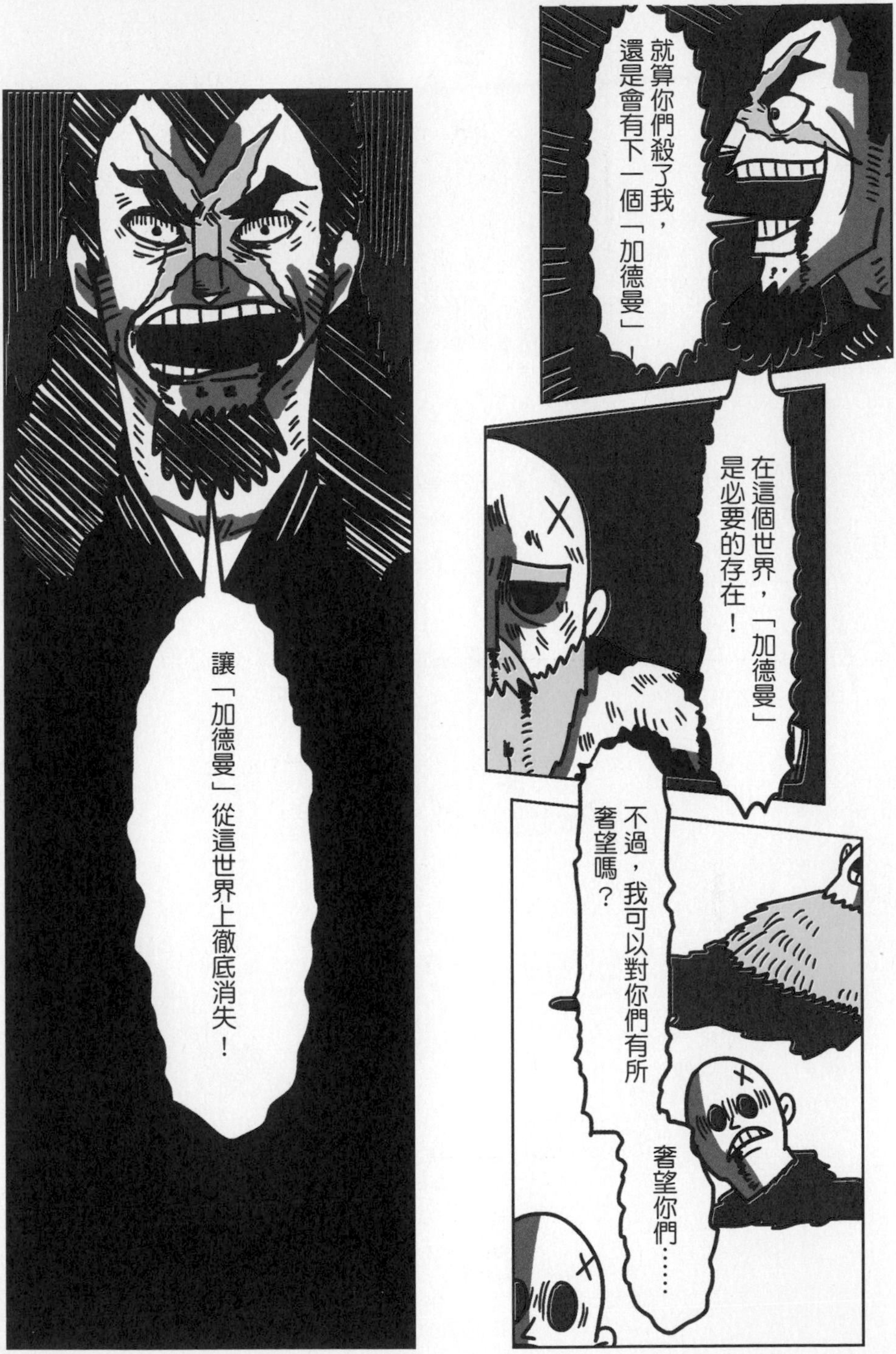
就算你們殺了我，還是會有下一個「加德曼」！
在這個世界，「加德曼」是必要的存在！
不過，我可以對你們有所奢望嗎？
奢望你們……
讓「加德曼」從這世界上徹底消失！

第 46 話　不逃跑

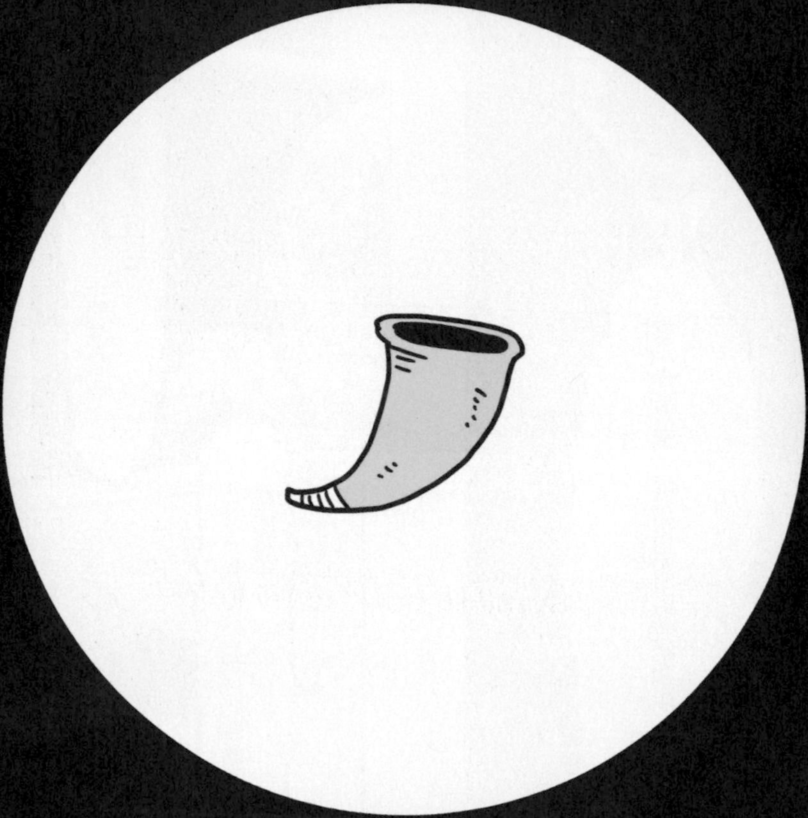

角笛：
呼朋引伴的絕佳工具。

你們能將人類……帶向更美好的未來嗎？
萊恩，謝謝你了。
嗯……接下來你有什麼打算？
接下來嗎……
上天會給我們指引的，
不過，我真鬆了一口氣，事實上我並不好戰，

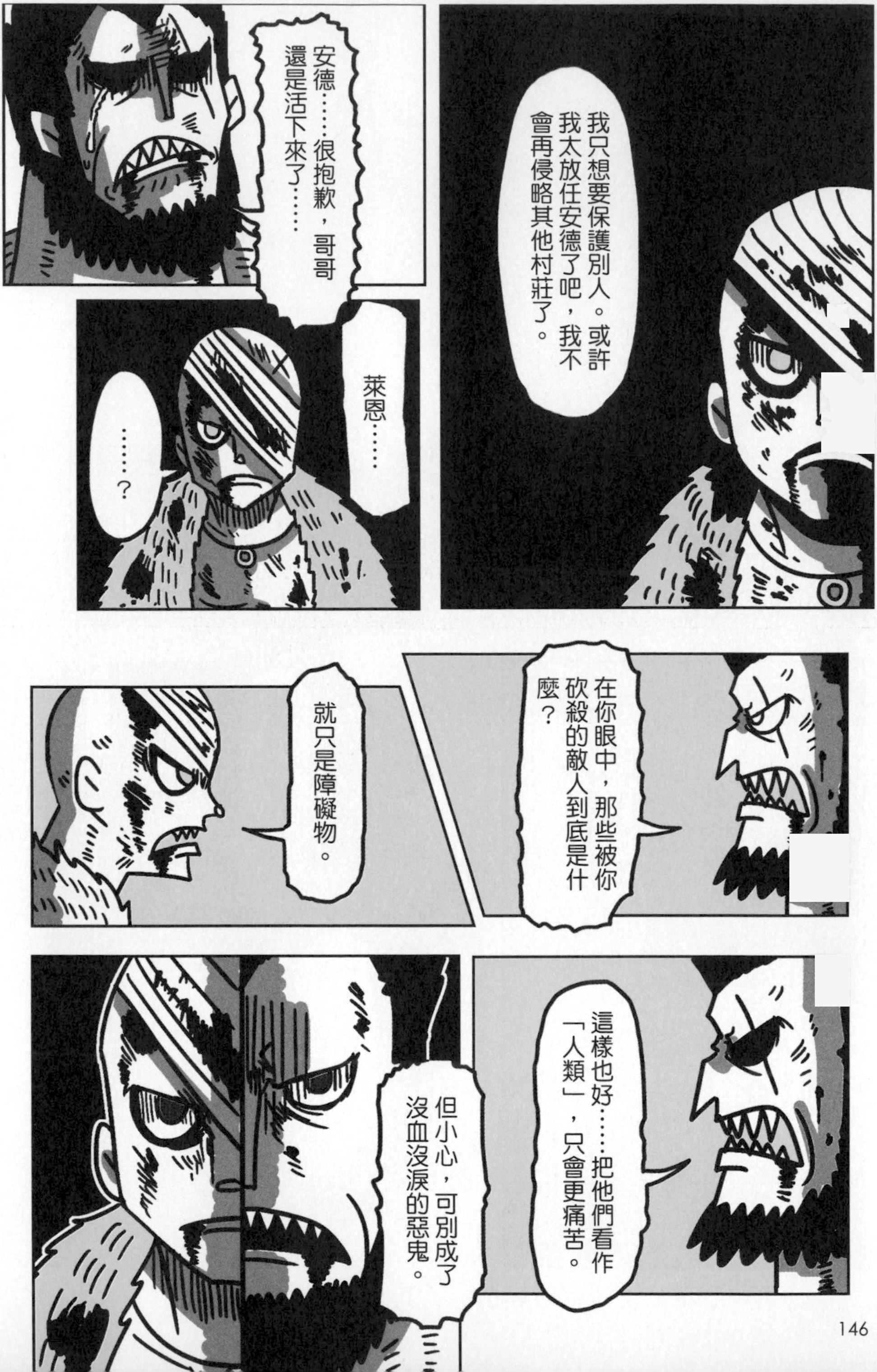
我只想要保護別人。或許我太放任安德了吧，我不會再侵略其他村莊了。
安德……很抱歉，哥哥還是活下來了……
萊恩……
……？
在你眼中，那些被你砍殺的敵人到底是什麼？
就只是障礙物。
這樣也好……把他們看作「人類」，只會更痛苦。
但小心，可別成了沒血沒淚的惡鬼。

好了，我得把皮斯村的人帶回去了。
有機會碰面的話，再聊吧。
死了嗎……
這就是光頭村的領導人嗎？
真悲慘啊……
加德曼啊。

辛苦你了，
安息吧。
接下來就交給我吧。
達特……？
傷成這樣都死不了，你果然是鐵打的！
或許是吧。
光頭村被我搞成這樣，你一定很恨我吧……？

我愛著你喔，熱火。
讓我為你治療吧！
不用了，
我要帶皮斯村的人離開了。
就這樣離開？
我只是單純來復仇罷了，沒有任何留下來的理由。
皮斯村的大夥，走吧！回我們的村莊了！

喔喔喔！
達特先生，您在這裡啊！
請您救救沃夫大人！
拜託您了！
巫師嗎……嗯，我當然會救他！
大家快把傷患搬過來治療！
把他們搬過去達特先生那邊！

翌日
這事情告一段落了吧？再過一天就能夠見到——
那個賽伯拉斯！
告一段落？
不，才正要開始呢。
賽伯拉斯要是知道這邊的情況，會怎麼應對呢？真令人好奇啊。
不過，我知道的，賽伯拉斯不會真的將我們趕盡殺絕。
他身上並沒有散發出對人類的恨意，或許，我們單純只是他的玩具吧。
唔嗯……

我還活著啊……
沃夫大人，您終於醒來了！
別大驚小怪，他的傷本來就沒有太嚴重，被食肉蟻咬的傷口過沒多久就會痊癒了，他只是稍微有點營養不良罷了。
加德曼已經死了啊……

這幾天，想必你一定非常煎熬吧？
煎熬嗎……也是呢，不過我好像已經領悟了一些事情，比如說我最擅長的「逃跑」。
無論再怎麼逃跑，還是逃不過本該要面對的命運吧，該怎麼說呢……或許「不逃跑」才是最輕鬆的吧。
是嗎……沃夫、萊恩。
跟我來吧，我就趁現在把關於這個「光頭村」的一切都告訴你們。

達特和巫師在加德曼的房間裡待了好久。
他們一定在談什麼重要的事情吧！
不過……接下來會由誰來領導我們呢？
想也知道是達特先生啊！
想不到達特先生還會回到這個村莊，對吧？
稻草大人。
……嗯。

為了保護人類嗎？
你說的都是真的嗎？這樣一來，加德曼的行為豈不就是……
原來如此，難怪他一直拷問我這塊「黑色石頭」是從哪裡來的。
知道這些真相以後，有什麼想法呢？
果然和我想的一樣，這個世界的不真實感，我們就像是高等獸族把玩在手掌中的螻蟻一樣……

為什麼以前不把這些事情告訴我呢？達特先生！
告訴你……然後呢？你要獨自對付高等獸族嗎？
不過，現在真的要有跟他們對抗的心理準備。
畢竟這邊已經被搞得天翻地覆了。
有辦法對抗嗎？
哈哈哈哈哈哈！只能祈求上天保佑了！

上天……可不一定會回應我們的祈求啊……不是嗎？
現在外頭正在吵著由誰來當領導人，我想大家應該會推舉我來擔任吧。
不過啊，我有個不一樣的提議。
沃夫，就由你來當光頭村的領導人吧！
你……你在說什麼啊？達特先生！

沃夫大人跟我們的村莊一點關係都沒有啊！
不要再把沃夫大人給牽扯進來了！
有時候……讓毫無關係的人來當領導者會更加省事。
我會在一旁協助你，你只需要當個「領導人」，如何呢，「巫師」大人？

第 47 話　九十六人

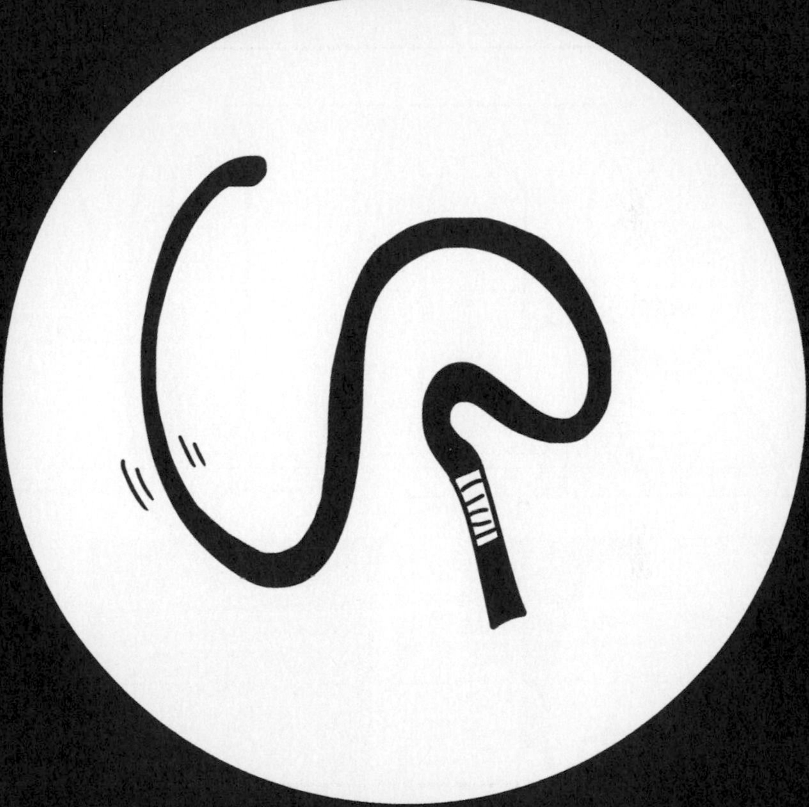

鞭子：
剝齊的武器，其攻擊範圍令人難以捉摸。

加德曼大人就這樣被埋進土裡了！
如此強悍的人竟然這麼輕易就失去了生命……
人本來就很脆弱。
就算轟轟烈烈的活了幾十年，死亡也不過是幾秒鐘之間的事情，埋進土裡更花不到幾分鐘，很可笑吧？

混帳……稻草……你那時候竟然帶著軍隊一起造反……
你這可恨的叛徒！
對不起！
跪下
我並沒有要和你們為敵的意思，我只是想推翻這個體制！
就像達特說的，我們的敵人是獸族啊！但對於這次事件，我還是要跟你們說抱歉！

……
起來吧，我們都明白。
我沒有辦法當領導者啦……
你自己才剛說不想再逃跑了，現在不就又逃避了嗎？

這是兩回事……
達特先生，別再說了！
沃夫大人沒理由當領導者啊！
理由嗎……因為他是傳說中的巫師啊。
開玩笑的，我知道你根本就不是什麼巫師！
！
什麼意思……？
那個會發光的黑色石頭，根本就不是什麼魔法！

那是高等獸族的玩意兒啊！我看應該是你不小心在路上撿到的吧？沃夫！
萊恩！對不起！
我根本就不是巫師！那塊黑色石頭也只是我撿到的！我就只是一個糟老頭罷了！
我不是故意要隱瞞你，但根本沒有機會可以跟你好好說清楚，我又很怕你對我失望透頂，所以，所以……

真的很對不起……
在下……多少感覺得出來，
但是……那又如何呢？
在下並不是因為您是巫師
才想要追隨您。
而是因為，您是沃夫大人啊！
萊恩……

沃夫，我可是在給你救贖的機會啊！
別再說了……
當上領導人，成為所有人的精神支柱吧！
我只想知道……為什麼是我？
我說過啦，因為大家都以為你是傳說中的「巫師」，由巫師來領導村莊……聽起來不是棒極了嗎？再說……
村莊裡有一些人原本就很排斥我，由我來當領導人也會有點麻煩。

由你這樣的外人來領導……
我想是再好不過了。
當然，你也可以拒絕。
我只是想知道……
你對我的提議有什麼想法，
你會選擇和以前不一樣的道路嗎？或是……
沃夫大人！
您要離開這裡的話，
在下也一定奉陪到底！
……

現在就給我答案吧。
我可沒太多時間給你慢慢考慮，不管你的答案如何，我都會有其他方法的……告訴我……要，還是不要？
別考慮啊！沃夫大人！
好，我來當吧。

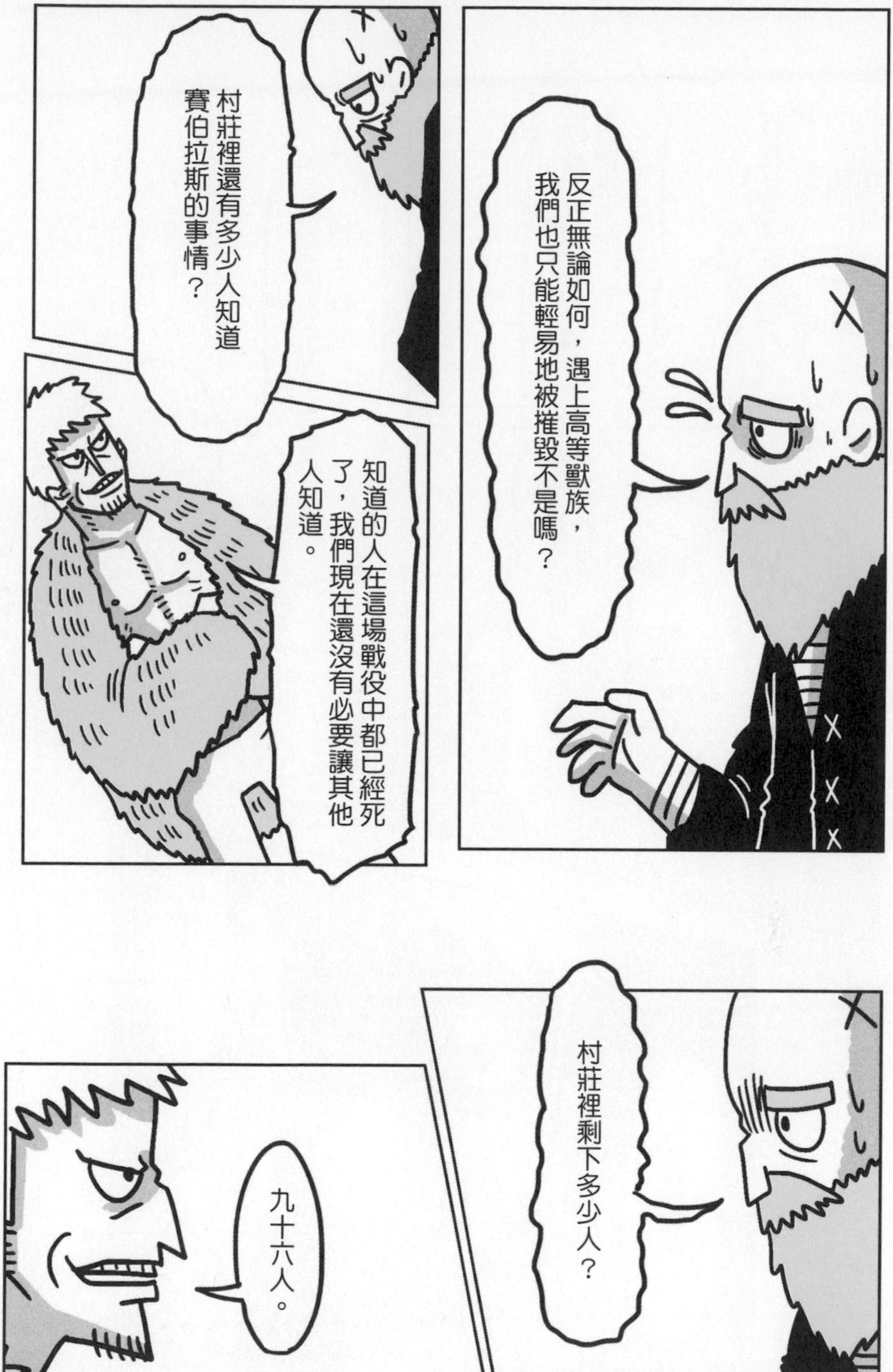
反正無論如何，遇上高等獸族，我們也只能輕易地被摧毀不是嗎？
村莊裡還有多少人知道賽伯拉斯的事情？
知道的人在這場戰役中都已經死了，我們現在還沒有必要讓其他人知道。
村莊裡剩下多少人？
九十六人。

全部的人合力，有辦法打敗高等獸族嗎……？
依我看，就算有九百個人都沒辦法。
對付高等獸族，靠的不是武力，而是智慧啊……
別擔心，
相信我吧。

達特先生要宣布事情！
全部的人都過來集合吧！
那位不是傳說中的巫師嗎？
要上囉，「巫師」！

第 48 話　大家好

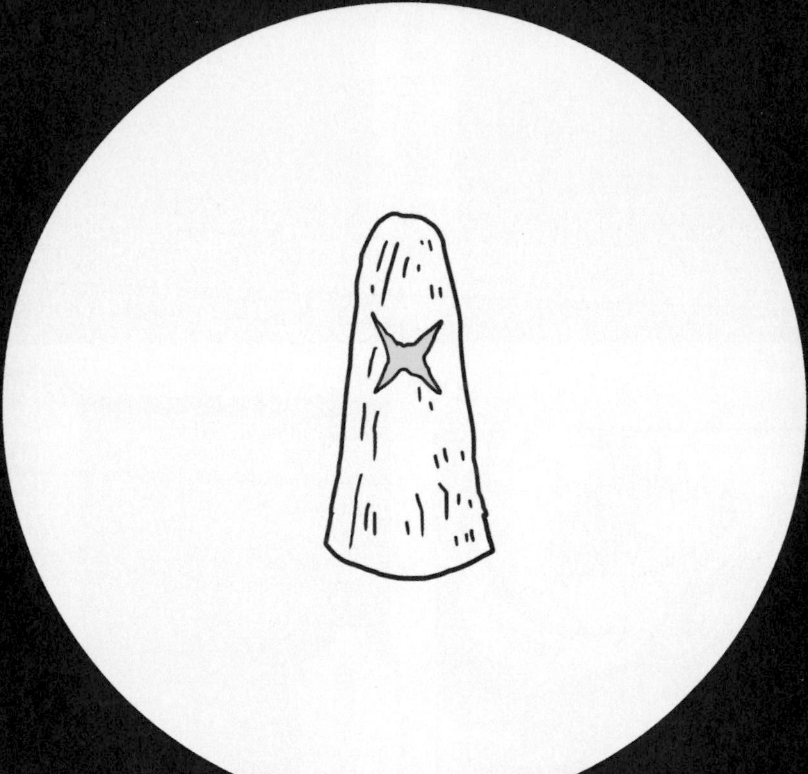

加德曼的墓碑：
光頭村曾經的領導者將長眠於此。

大家一定很想知道這個村莊的未來該何去何從吧？
或許有些人希望由我來領導，也或許有些人對我抱有不滿。
無論如何，我都希望你們能夠接受我這次的提議！

我希望由這位傳說中的巫師大人來領導大家！
換你說了，照我們剛才演練的說就好，千萬不要讓其他人發現你不是巫師！
大家好……
呃……那個……

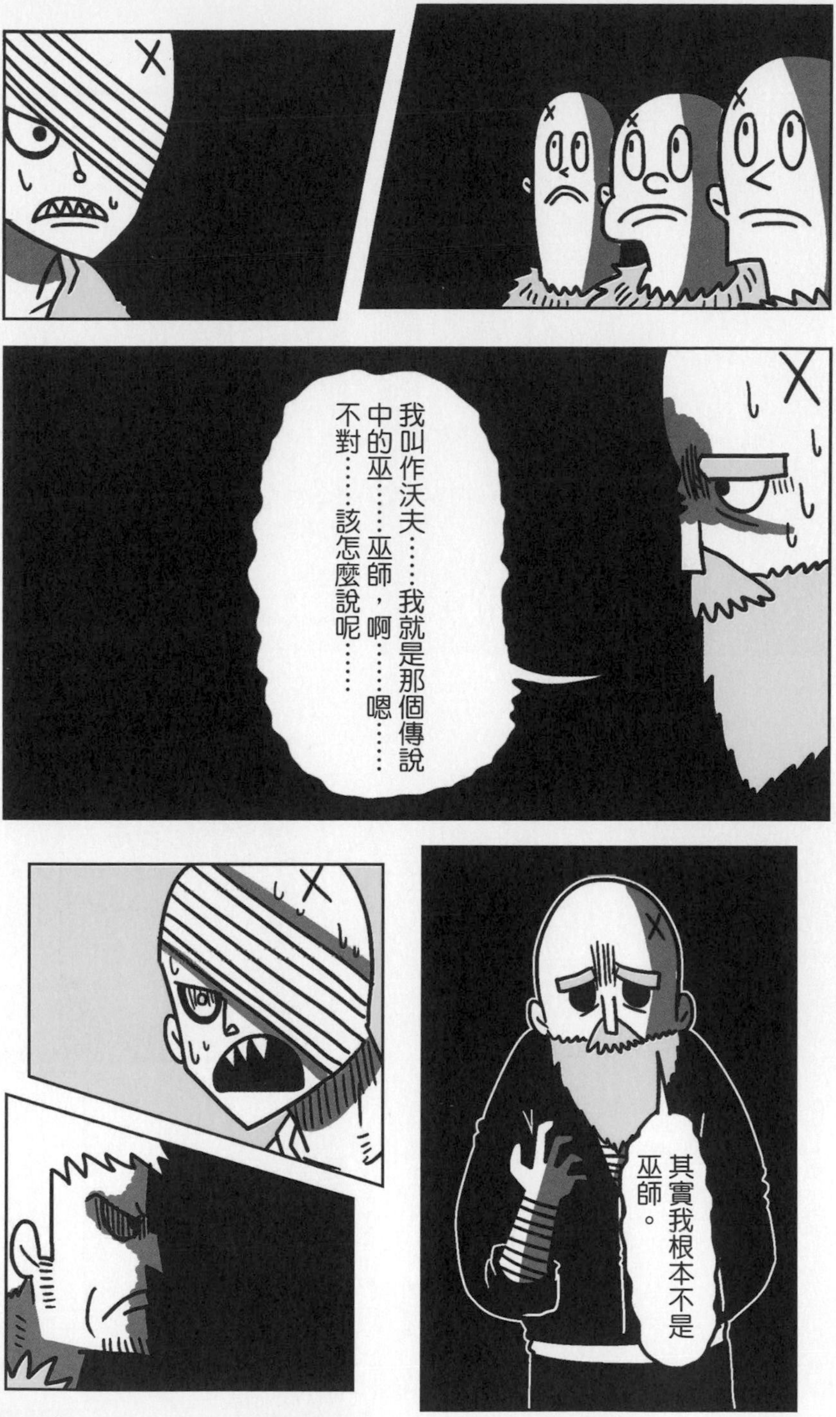
我叫作沃夫……我就是那個傳說中的巫……巫師，啊……嗯……不對……該怎麼說呢……
其實我根本不是巫師。

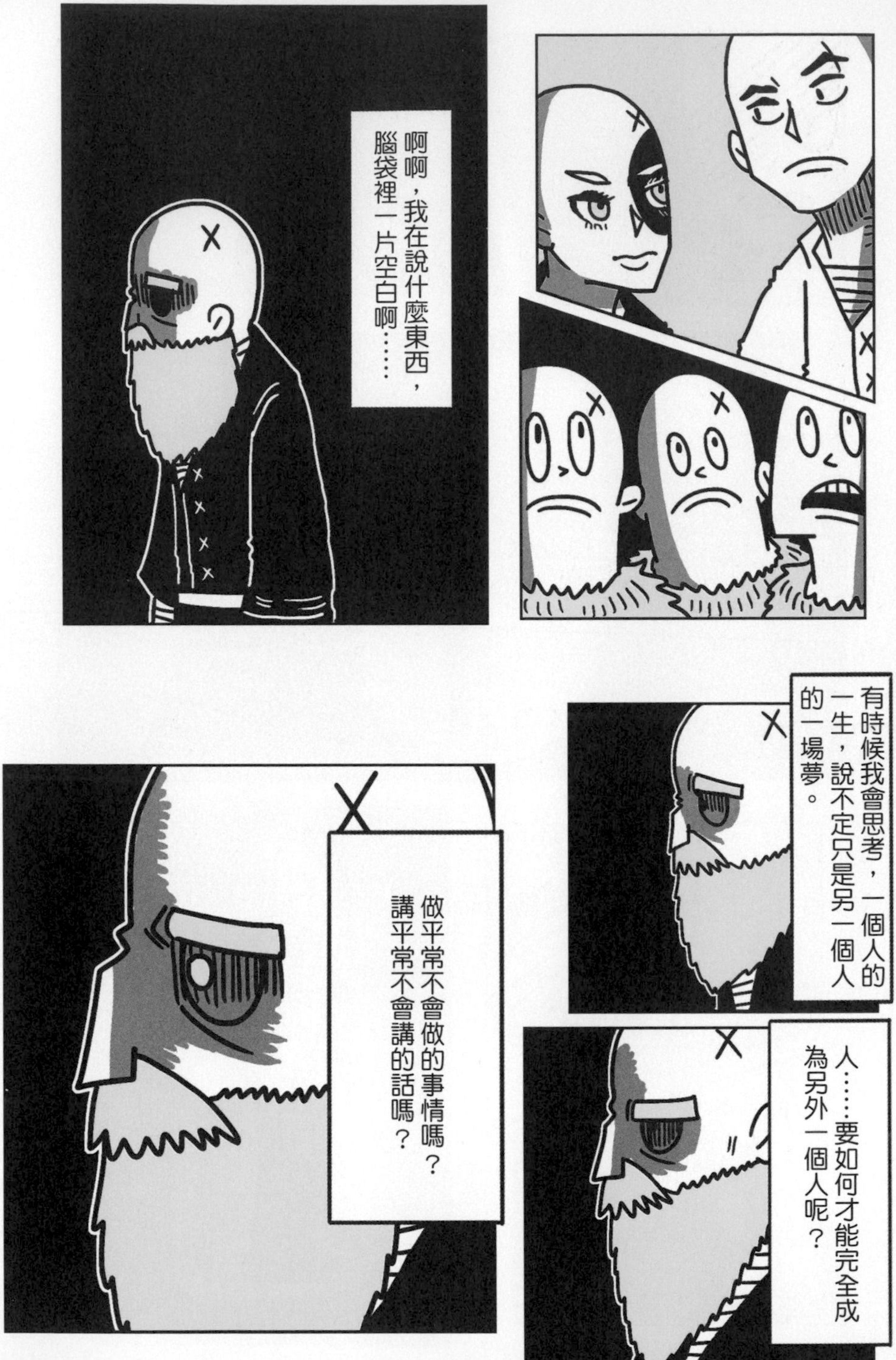
啊啊，我在說什麼東西，
腦袋裡一片空白啊……
有時候我會思考，一個人的一生，說不定只是另一個人的一場夢。
人……要如何才能完全成為另外一個人呢？
做平常不會做的事情嗎？
講平常不會講的話嗎？

仔細想想，我不過就是個極為普通的人類啊。
對不起，我只是個一輩子都在逃避獸族的普通人類罷了……
面對強大的獸族，人類是多麼的無能為力……
不過，只要抱持希望，人類就能夠活下去……
然而在我們眼前的只有絕望……我們只能在這邊互相殘殺啊……

你們並不知道吧，加德曼所做的一切都是為了讓人類可以存活下去。
喂喂……這可跟我們說好的完全不一樣啊。
他只是為了要遵從高等獸族的命令……他這樣做全都是逼不得已，因為高等獸族太過強大，隨時都可以毀了我們！雖然他確實是做出了許多令人不可原諒的事情，但你們就別恨他了……
無論如何，加德曼是個值得我們尊敬的男人。

加德曼大人……我就知道您是好人！
把這些事情說出來好嗎？
哈哈。
……

我們可以為他哭泣……
但光是哭泣也沒辦法改變現況。
我們只能帶著亡者的遺願一起前進。
我們共同的心願就是……

改變這個世界。
創造一個不用被獸族踩在腳底下的世界，創造一個能夠光明正大活著的世界，
不過，改變世界需要大家同心協力。
我會盡我所能，讓其他人不必像我一樣……逃跑一輩子，我希望創造出一個和平的世界。

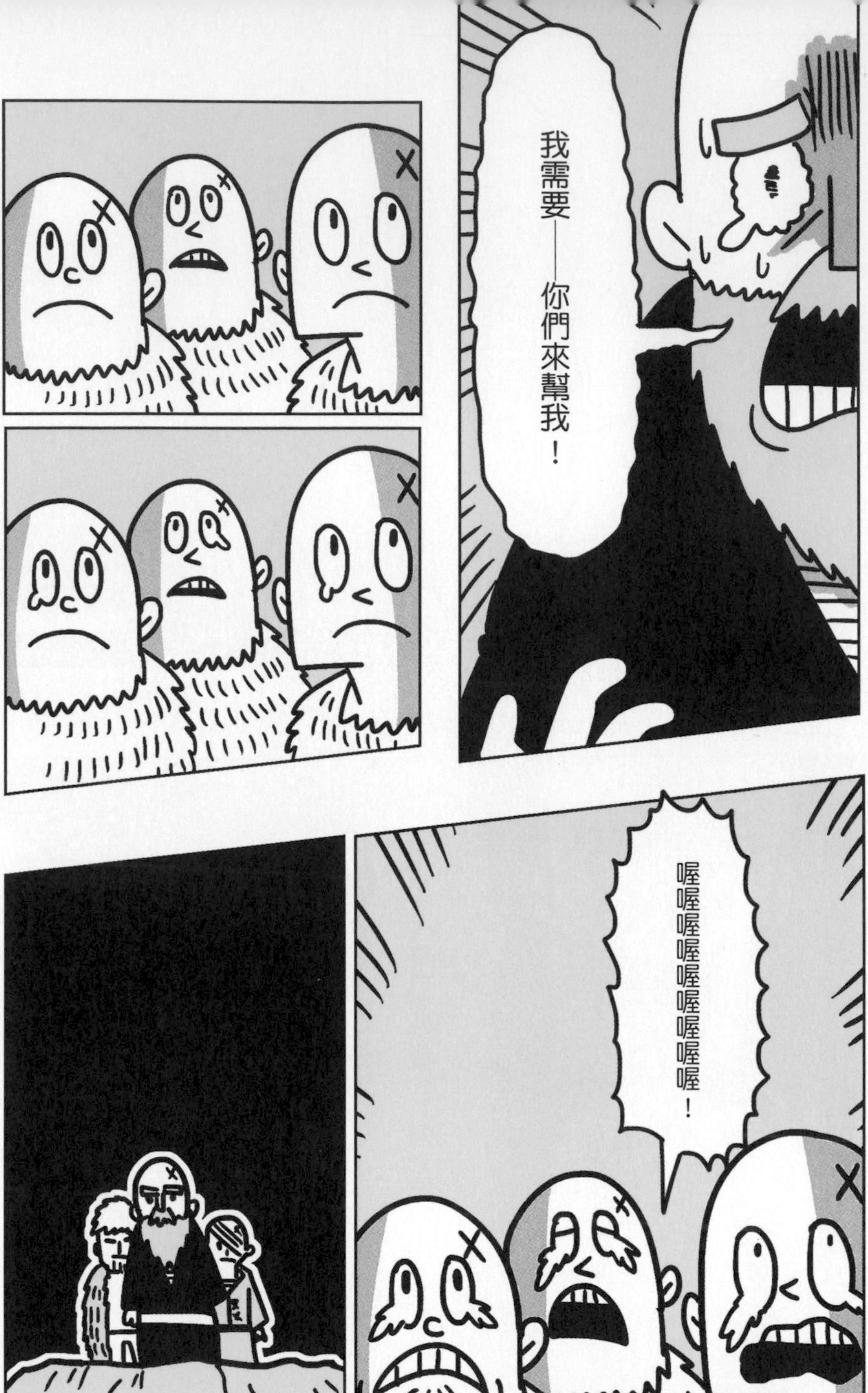
我需要——你們來幫我！
喔喔喔喔喔喔喔喔喔喔！

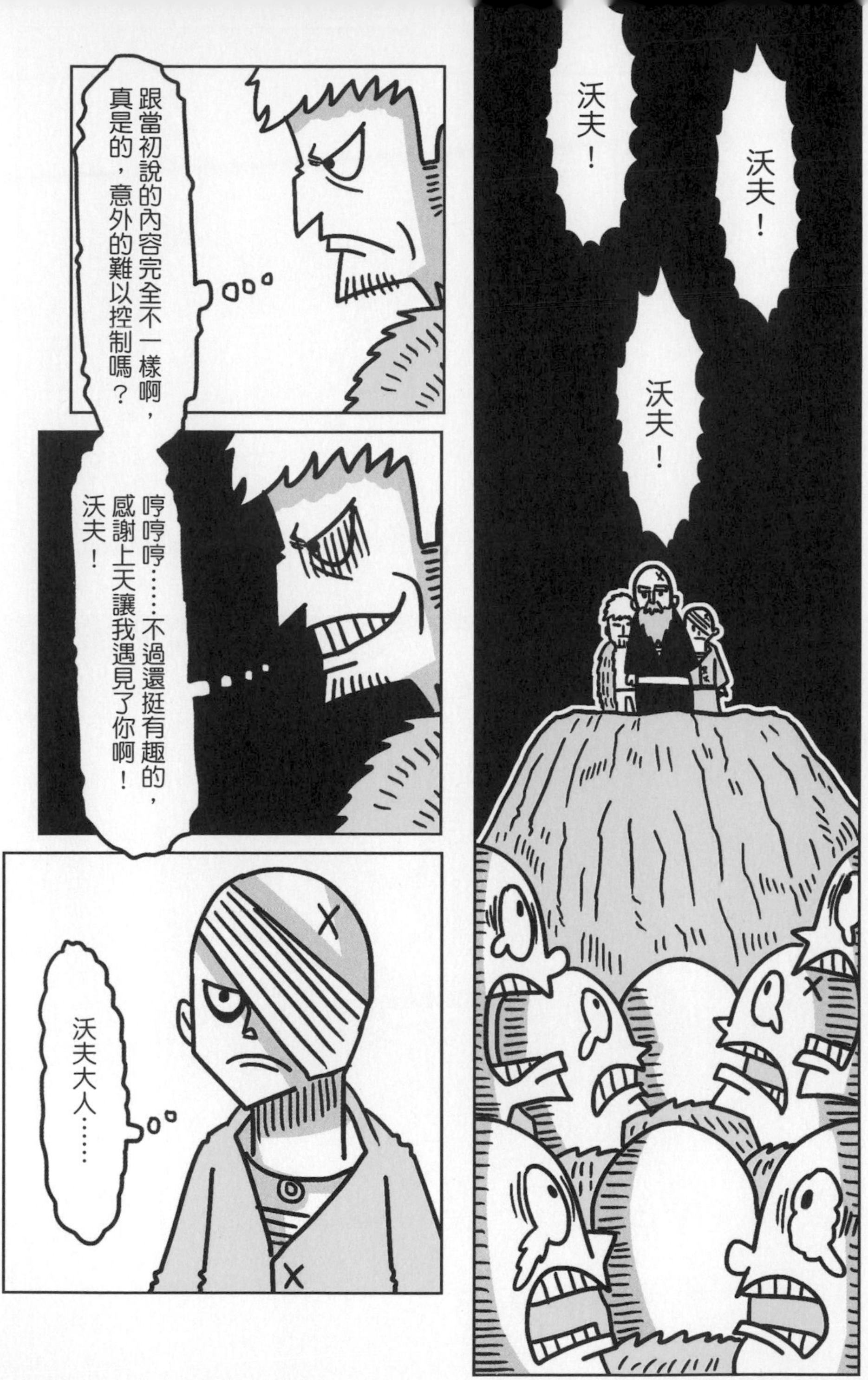
沃夫！
沃夫！
沃夫！
跟當初說的內容完全不一樣啊，真是的，意外的難以控制嗎？
哼哼哼……不過還挺有趣的，感謝上天讓我遇見了你啊！沃夫！
沃夫大人……

閃閃發光呢……
啊啊，一不小心就把心裡的話說出來了。
等等……這樣是不是有點過頭了！我剛剛到底說了些什麼？
天啊！我一時衝動不小心說了太多大話了，怎麼辦？

第 49 話　別這麼不禮貌

不毛之地：
沃夫等人居住的地方，
似乎只是這個世界的一個小角落。

沃夫大人剛剛超耀眼的！
說什麼呢！不管您到哪裡，
在下一定都會跟隨著您！
別一副事不關己的樣子啊！
BOOM!!
好啦，接下來該討論如何對付賽伯拉斯了……話說，我還得先去剃個光頭才行啊……

什麼聲音……？
沃夫大人！村莊外……
出現了一座奇怪的山！
山……？

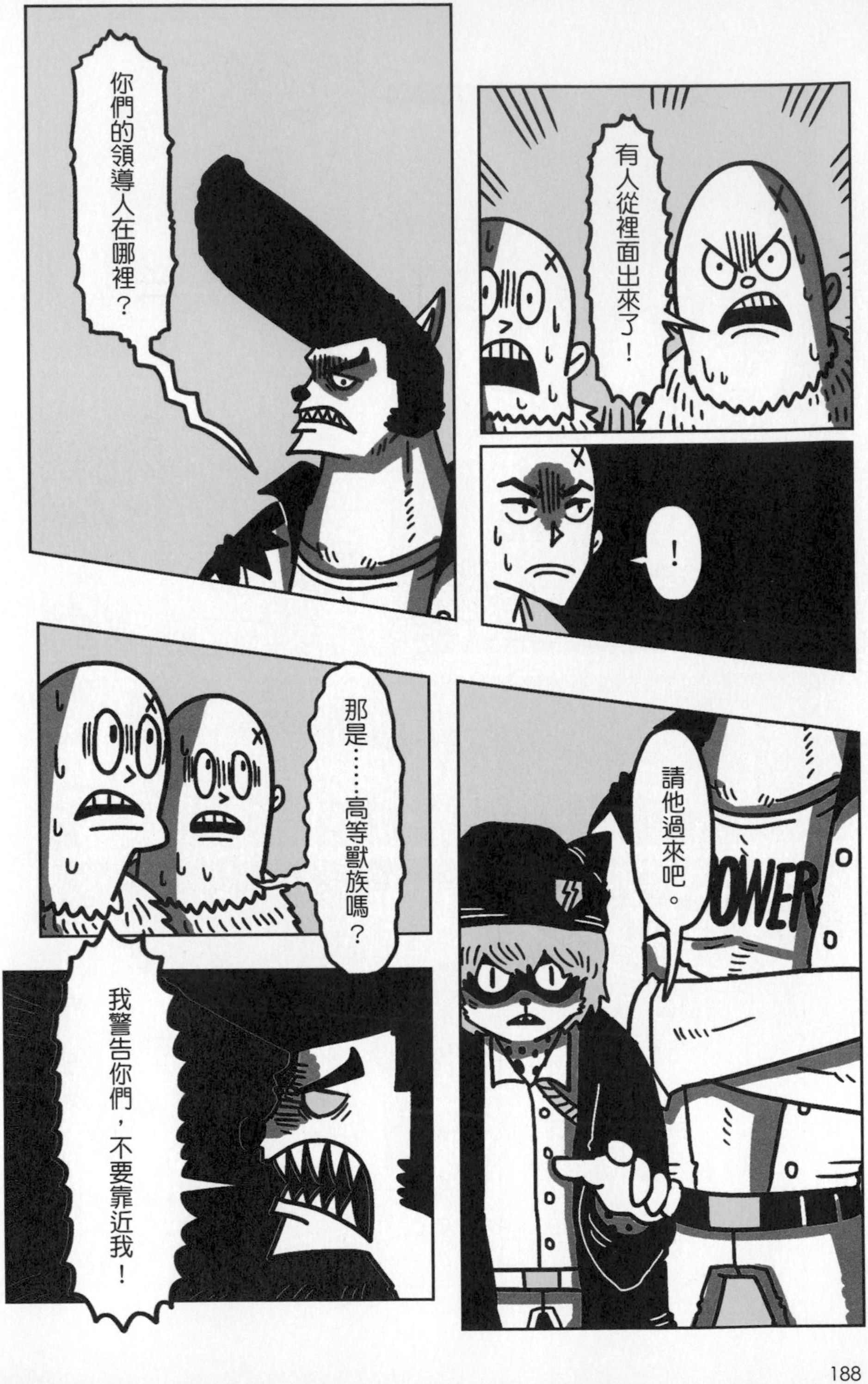
有人從裡面出來了！
！
你們的領導人在哪裡？
請他過來吧。
OWER
那是……高等獸族嗎？
我警告你們，不要靠近我！

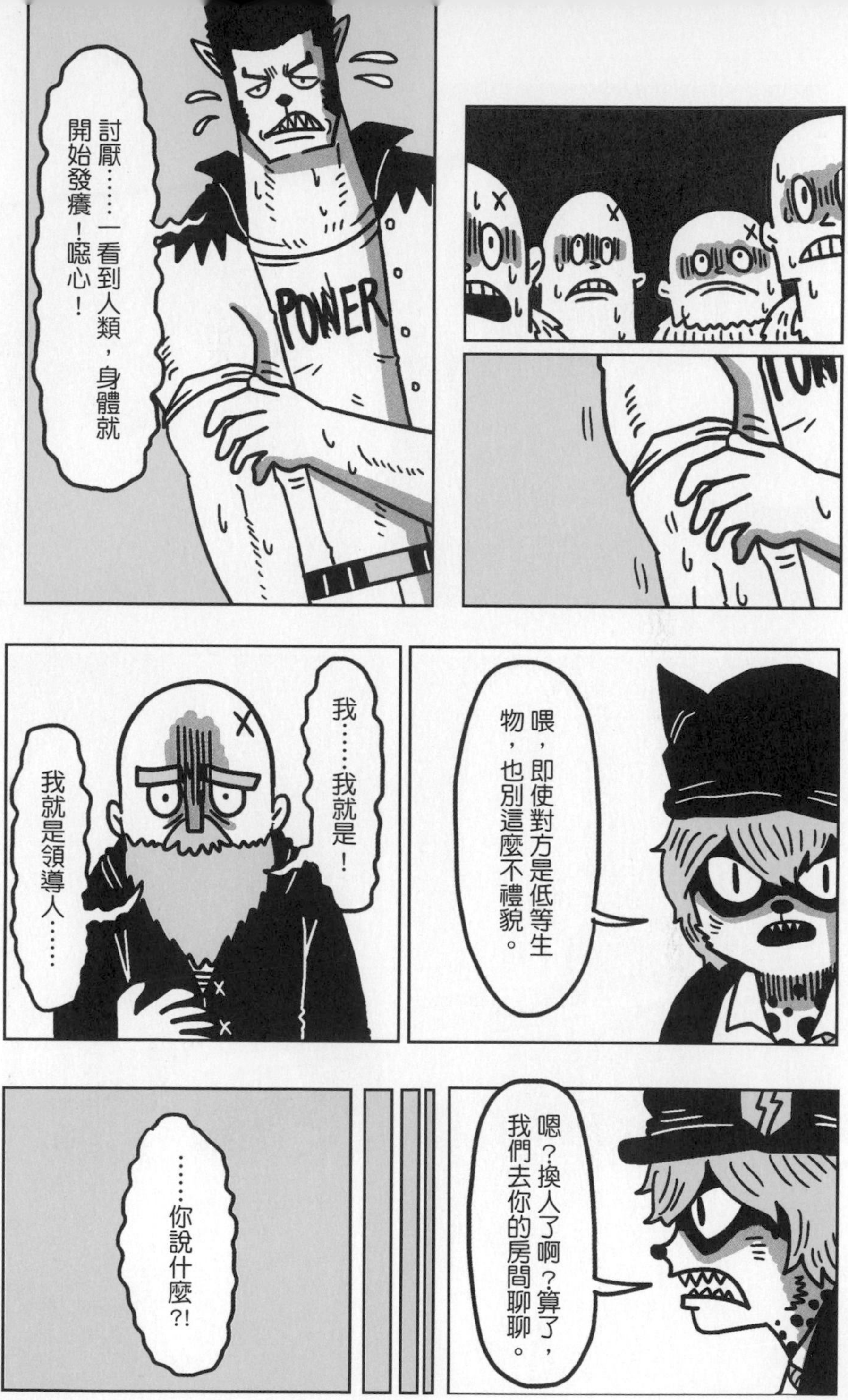
討厭……一看到人類，身體就開始發癢！噁心！
POWER
喂，即使對方是低等生物，也別這麼不禮貌。
我……我就是！
我就是領導人……
嗯？換人了啊？算了，我們去你的房間聊聊。
……你說什麼?!

賽伯拉斯……死了？
你沒有聽錯。
待會我們會把這邊的「眼睛」都回收。
從今以後，我們不會再監管這塊「不毛之地」，
新上任的區長對這裡毫無興趣，
我們得把時間花在其他更有意義的事情上。
不過，我們每個月還是會過來取農作物，畢竟人類種的還是比較美味。
那……我們也可以開始留頭髮了嗎？
那種事情怎樣都無所謂吧。

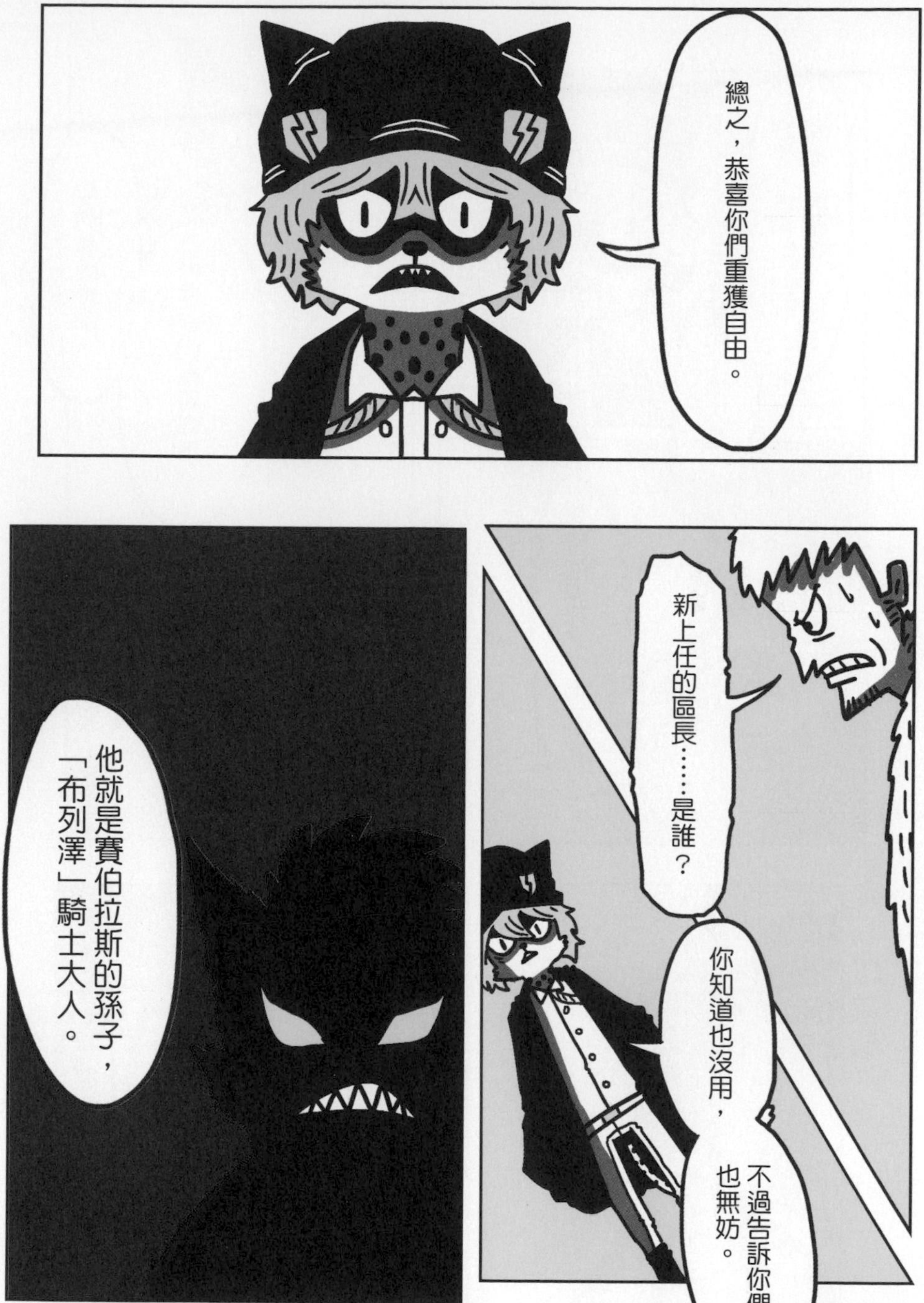
總之，恭喜你們重獲自由。
新上任的區長……是誰？
你知道也沒用，
不過告訴你們也無妨。
他就是賽伯拉斯的孫子，「布列澤」騎士大人。

你們應該慶幸，
他對你們毫無興趣。
好了，我們先回收那些「眼睛」了！
走吧，拳太郎！
快離開這裡吧！癢死了！
等一下！
POWER

高等獸族……真的比人類強那麼多嗎？
萊恩！說什麼傻話？
嗯？
無妨。
你們到外頭等我，我先去回收「眼睛」。
看到那片森林了嗎？
秀一拳吧。

啊啊……手好癢！
結束就回去了喔！
POWE
BANG!
POWER
BOOM!!
!!!

太誇張了吧！完全無法比啊！
嗯，以上。
再會。
至少我們該慶幸……重獲自由嗎？雖然還是得準備農作物。

這是什麼奇蹟般的運氣？才當領導者就遇上這種好事，難道上天在眷顧著沃夫嗎？
我們得向大家宣布這個好消息啊！
啊啊，是啊！
走吧！萊恩！達特！
嗯……
高等獸族又來了嗎？

第 50 話　所有人的意志

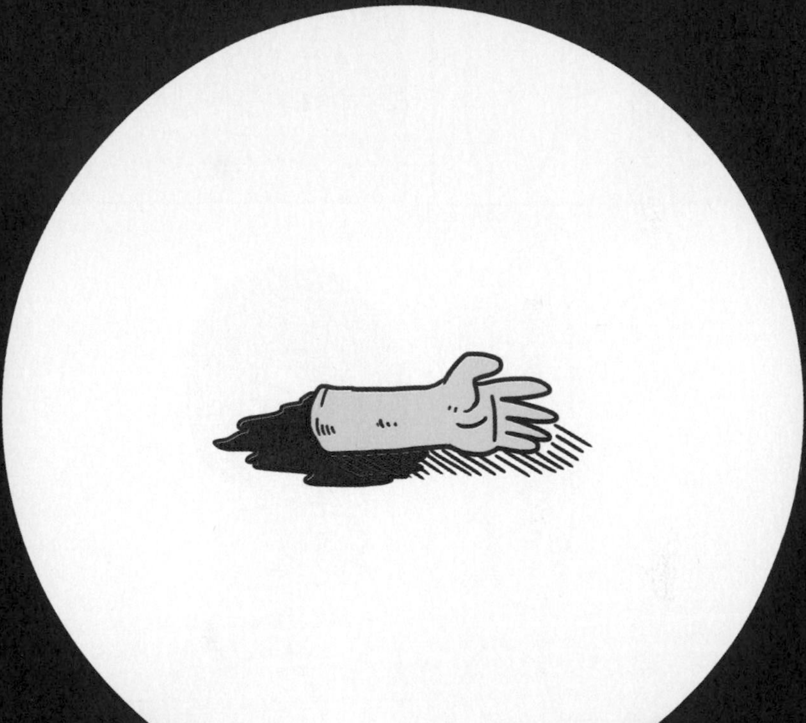

沃夫的左手：
被砍斷了。

這邊沒我的事了，畢竟我已經殺了賽伯拉斯，該準備離開「不毛之地」了。
嗯……？
這天終於來臨了啊……
人類……這身裝扮……妳是從「淨土」那邊來的？
別理會我，我只是個「觀察者」。

觀察……？
我來這邊是為了要觀察那位「W」。
妳是誰？怎麼會知道我是「W」？
你是不是誤會了什麼？我不是說你，我指的是……

——沃夫（Wolf）。
狼？
哈哈哈哈，也是啦！
沃夫，從見到你的那刻起……
我就確定你是那位「W」了。

在這個世界上……
存在著好幾位被稱為「W」的人，而你就是其中一個。
好啦！我得走了！
走？走去哪裡？

回到屬於我自己的「地方」。
再見啦！高等獸族！
反正，我離開後，你一眨眼就會將我的事情忘得一乾二淨了。

BOOM!!!
不管我做什麼，都不會影響到這個「世界」的發展，即便我想插手，也會被這個「世界」阻止。
就算當初我沒有救你，沃夫，你依然會以其他方式活下去的。
我會再來找你的，沃夫！

同一時間 「淨土」方面
某座高等獸族的城市
NEWS
今日的重點新聞依然是賽伯拉斯大人的死訊！
身為「五大騎士」的他，他的死亡將會造成多大影響？
讓我們深入了解賽伯拉斯這一生的豐功偉業吧！
我快要發瘋了！現在手邊的事情簡直是一團亂啊！

布列澤大人，再這樣下去，賽伯拉斯大人所定的那項「規矩」……
將會被推翻掉啊！
……規矩？哪項規矩？
就是那項「人類維護計畫」啊！這項規矩是為了保護僅存不多的人類，但是賽伯拉斯大人死後……
那些原本在他麾下的人，現在都分化到其他派系了！那些人都是固定票源啊！
因為每次「投票」都有超過半數的人支持，才得以讓這項「規矩」延續下來，這樣三年後的投票……情況很不妙啊！

我一直覺得很奇怪。
嗯……？
爺爺……
到底為什麼要這麼保護人類這個種族呢？
布列澤騎士（賽伯拉斯之孫）
您那麼討厭人類嗎？
不討厭啊，
應該說，我對人類這個種族一點感覺都沒有，人類怎樣都跟我沒關係吧？

騎士大人，青龍大人來電！
轉接到我的螢幕吧。
早啊，布列澤老弟！
首先為你爺爺的死訊，獻上我深深的遺憾。
感謝您，
青龍大人。

哈哈哈，別這麼客氣！
把我當作好朋友就好了！
畢竟，我們接下來還得和睦相處，不是嗎？
五大騎士之一—青龍
我會將你爺爺的那項「規矩」給推翻，你應該不介意吧？對於將人類滅絕……這件事情。
我接下來會好好的，
把你當作我的小老弟疼惜的！布列澤啊！儘管感激我吧！
下次再聊啦！

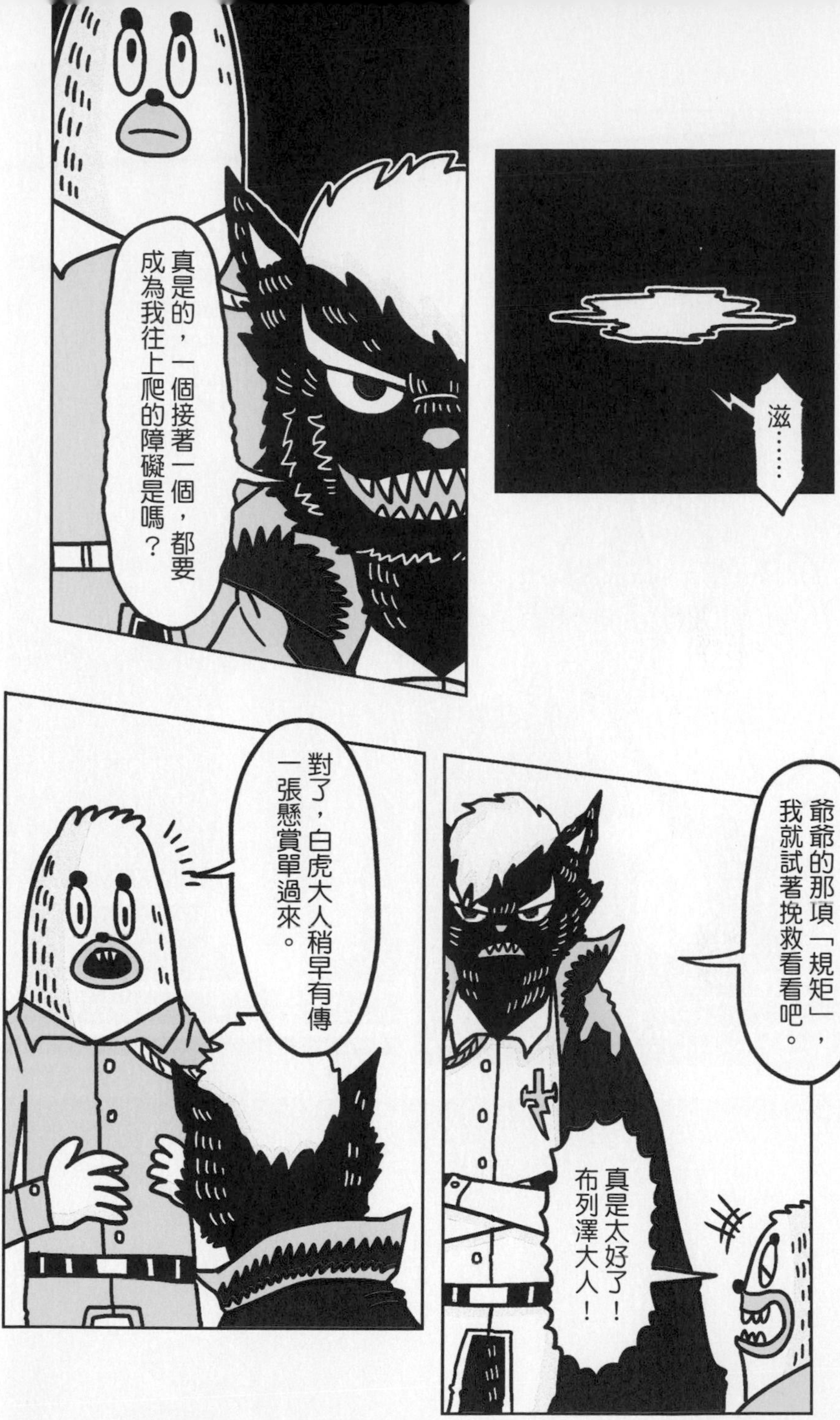

滋……
真是的，一個接著一個，都要成為我往上爬的障礙是嗎？
爺爺的那項「規矩」，我就試著挽救看看吧。
真是太好了！布列澤大人！
對了，白虎大人稍早有傳一張懸賞單過來。

這名罪人叫洛克，目前已逃出白虎的領地！
以下就是他所犯下的兩項重大罪名！第一項是……
竟然犯了這種罪，這個洛克到底在想什麼？
土波波。
是！
我們就放手一搏吧。

不毛之地　光頭村
剛剛有高等獸族來這邊？還說賽伯拉斯……死了？
是啊，就在妳去採集毒草時來的，既然賽伯拉斯死了，妳還有理由留在這邊嗎？
待在這裡，總會再遇到高等獸族吧？況且……
感覺之後會很有趣。

哼哼哼……
一切都是從這塊黑色石頭開始的呢……
替我……向這個……
荒謬的世界復仇吧！
你們能將人類……
帶向更美好的未來嗎？
萊恩，你可千萬不能死啊！
沃夫大人才是呢！

為了所有人的意志。
也是為了我們自己啦！
唉，領導人該怎麼當呢？
有人將希望寄託在別人的身上。
有人期盼會有不一樣的未來。
有人在暗地裡盤算著什麼。
有人渴望遠離一切。

有人還不明白發生了什麼事。
有人想要對抗更龐大的勢力。
有人等待著向高等獸族復仇的機會。
有人則還不知道，自己將會改變世界。

下一集——
新篇章開始！

④

2016 上半年全新登場

W

FUN系列 020

③

作　者—黃色書刊
主　編—陳信宏
責任編輯—尹蘊雯
責任企畫—曾睦涵
美編協力—我我設計工作室 wowo.design@gmail.com
董 事 長
總 經 理—趙政岷
總 編 輯—李采洪
出 版 者—時報文化出版企業股份有限公司
一〇八〇三　臺北市和平西路三段二四〇號三樓
發行專線—（〇二）二三〇六六八四二
讀者服務專線—（〇八〇〇）二三一七〇五・（〇二）二三〇四七一〇三
讀者服務傳真—（〇二）二三〇四六八五八
郵撥—一九三四四七二四　時報文化出版公司
信箱—臺北郵政七九至九九信箱
時報悅讀網—http://www.readingtimes.com.tw
電子郵件信箱—newlife@readingtimes.com.tw
時報出版愛讀者粉絲團—http://www.facebook.com/readingtimes.2
法律顧問—理律法律事務所陳長文律師、李念祖律師
印　刷—華展印刷有限公司
初版一刷—二〇一五年十二月十一日
定　價—新臺幣三二〇元
⊙行政院新聞局局版北事業字第八〇號

國家圖書館出版品預行編目(CIP)資料

W ③/黃色書刊 著;
-- 初版. – 臺北市 : 時報文化, 2015.12
面 ;　公分. -- (FUN ; 020)

ISBN 978-957-13-6449-0(平裝)

855　　104021717

ISBN：978-957-13-6449-0
Printed in Taiwan

《W》（黃色書刊／著）之內容同步於comico線上連載。（www.comico.com.tw）